木々は八月に何をするのか

大人になっていない人たちへの七つの物語

MITÄ PUUT TEKEVÄT ELOKUUSSA

LEENA KROHN

レーナ・クルーン
末延弘子
訳

新評論

もくじ

木々は八月に何をするのか——大人になっていない人たちへの七つの物語

（株）新評論は、レーナ・クルーン著『木々は八月に何をするのか』の日本語訳出版に際し、フィンランド文学情報センター（FILI : Suomen kirjallisuuden tiedotuskeskus）より助成金を授与されました。ここに、厚く感謝の意を申し上げます。

Me, Shinhyoron Publishing Inc., kiitämme FILI : ä, Suomen kirjallisuuden tiedotuskeskusta, joka on myöntänyt käännöstuen Leena Krohnin *Mitä puut tekevät elokuussa-teoksen* japaninnoksen toteuttamiseen. Tukenne on aina muodostunut taipumattomaksi pylvääksi, jonka tunnemme vankkumattomana selkäämme myöten.

いっぷう変わった人びと

1

自分では手のほどこしようがない。インカは生まれながらにしてこうなのだ。少なくとも、立ち歩きを覚えてからこのかたずっとそうだ。心底はしゃいだり喜んだりすると、バレリーナのように足首が真っすぐになってアキレス腱が伸びてくる。知らず知らず、堅肉の足はますます真っすぐに伸びて爪先立ちになるのだ。そして、あっという間にほら！　爪先は床から離れてしまう。そう、インカは宙に浮いている。地に足がついていないのだ。普段は、それほど高く上がるわけではない。せいぜい五センチか一〇センチくらいだろう。それに、長く続くわけではなく、長くても一分か二分そこらだ。ただ、インカが嬉しくなればなるほど高く高く浮くのである。頭のてっぺんが天井にコツンとぶち当たったことが二度ほどあった。普通じゃない。

宙に浮くことはインカには何の問題もなく、あるのはその周りの人だ。知り合いに一センチも一秒たりとも宙に浮く人はいない。姉も弟も兄も妹も浮いたことなどないし、両親は言うまでもない。インカの浮遊している姿を人に見られようものなら、家族のみんなは自分のことのように恥ずかしく思ってしまう。

「普通にしなさい！」と、母に言われる。効果てきめんだ。インカは叱られると、当然のことながら嬉しくはない。すると、床にドスンと落ちるのだ。

「ジャガイモ袋みてえ。本当にさあ、釘で足を床にくっつけとかないといけないんじゃないの。四インチの釘でさ」と、兄の言葉は嫌味たらしくてひどい。

「ちゃんとしてちょうだいね」

出掛けに母親に毎朝こう言われる。学校に行くときも、家族のみんなと一緒に遊びに行くときも、買い物に出掛けるときも。

ただし、これは変に努力するような類のものではなかった。起こるときに起こるだけなのだ。一方で、宙に浮くのは底抜けに気持ちがいい。何だか泳いでいるような、白昼夢を見ているような感じだ。インカは年のわりには体格がよく、妖精っぽいわけでもなんでもない。だからこそ、これほどに軽々と宙に浮くのが不思議でならないのである。

メーデーに、弟が大きな赤い風船をもらってきたことがあった。その風船がバルコニーで手からするりと抜けてしまって隣のバルコニーの屋根に上がってしまい、こう

空はいたるところに。ほかに何が恋しいのですか？

言われた。

「インカ、あんたの出番。宙に浮いて弟の風船を取ってきてよ」

でも、インカにはできなかった。そこで、インカを喜ばそうとして兄たちはジョークを飛ばしてみた。〃ノミが宝くじで何を買った？　自分の犬さ〃とか、〃幽霊同士が結婚しました。九ヶ月後、二人は愛らしい小さなハンカチを授かりました〃とか。

インカは笑ったけれども、宙には浮かなかった。ジョークや笑いは何の効果もなく、宙に浮くにはまた別の楽しさを要求するもので、心に空があるようなものだとインカは説明した。

「それが人を軽くさせるの」と、インカが言う。

「だけど、そんなんじゃ何の役にも立たないよ」と、姉妹と兄弟が言った。

風が出てきた。弟の赤い風船は、町の遥か向こうへ流される。轟々と白波を立てる川を越えて高く高く、教会の星型の円蓋よりも高く吹き飛ばされ、春のツルの群れを追って北へ向かう鳥たちとともに姿を消した。風船は自由の身になったのだ、とインカは思った。今ならインカも宙に浮いて追えるかもしれない。泣き出してしまった弟にインカは責任を感じ、まるで花崗岩でできた靴を履いているかのようにずしりとした重みを感じた。

実際にインカの靴は重たい。というのも、買ってもらえる靴といったら、いつも厚手の頑丈なスニーカーばかり。もちろん、インカだって母が姉や妹に買ってあげているのと同じ靴が履きたい。触り心地がよくて光沢のある紐靴だ。でも、ますます宙に浮いてしまうかもしれないからインカにはふさわしくないというのが母の考えだ。

「大きくなればなくなるさ。小児病の珍しいケースか何かだろ。水疱瘡の後遺症じゃないかとお父さんは思っているんだが」

インカは、保健所にも連れて行かれた。脳波やちょっとした血管の写真を撮られたり、噛み合わせも検査されたりした。床に引かれた線に沿って歩くように言われたり、黒い斑点模様を見せられたりもした。その模様が何を表しているのか言わなければならなかったけれど、ただの黒いシミでしかなかった。

みんなは、インカが宙に浮くことをそこでも期待していた。どんなふうに浮くのか自分の目で見たいためだ。当然のことながら、インカは浮かなかった。あるクリスマスイブに、姉が撮った一枚の写真を医者に見せた。写真のインカはモミの梢くらいまで浮いていて、おばあちゃんがクリスマスプレゼントにくれた大きなペンギンを抱きしめていた。医者は写真をしばらくまじまじと見ていたが、ついにこう尋ねた。

「この写真はどうやって撮ったんですか?」

「どういう意味ですか?　ほかのものと変わりないですよ」と、父が言った。

「何のトリックもないと?　写真はいじっていませんか?」

「残念ながら、何も」と、母が溜息を吐いた。

「それでは、こういうケースはですね、空中浮遊だと申し上げましょう」

「それは悪い病気なんですか?」と、父と母が聞き返す。

「いいえ、これは病気ではなく、効くような薬もありません。お子さんは健康ですよ。

空中浮遊することがあるというのは、単に娘さんの生まれもった才能にすぎません。私はこれと似たケースを読んだことがあるのですが、実際に見たことはないのです。ただ、ものすごいスピードで落下しないように見てあげないといけませんね。そのときは、いくぶん落ち込んでいるでしょうから」

「才能だなんて、煩わしいだけだわ。あの子が嬉しいときなんてひどい状態よ。だって、地に足がついていないんだから。最近は、そんな状況が起こっていないからいいものを」と、母が言った。

「単なる小児病だ。医者だからって、何でも知っているわけじゃないんだ」と、帰宅してから父が呟いた。

これが小児病だとしても、しばらくは続く。インカは今一一歳だ。それでもまだ治っていない。いつまでこうやっていられるのか、インカは疑問を感じ始めていた。

2

五年生の秋に、母に教区の聖歌隊に入隊させられた。インカは良い声を出すし、学校の合唱団でも歌っていた。

「教会だったら、はしゃぎすぎて危険になることはないでしょ」と、母は思った。

けれども、インカにとって聖歌を歌うことも楽しかった。合唱団がすばらしい歌声を出すと、大変な騒ぎにならないようにさじきの手すりにしがみつかなければならなかった。

冬、聖歌隊に白皙《はくせき》の少年が新しく入ってきた。普段は物静かなのに、その歌声はすばらしく美しかった。その子はソロの部分をときどき歌わせてもらっていて、「Dies est laetitae……」と歌うとインカは自分の足が地面から離れていくのを感じる。「喜びの日よ……」、歌詞もそう言っている。

少年は、練習が終わるといつも一人で家に帰っていて誰とも口をきかなかった。インカには、その子の周りにはどの子よりも多くの光が取り巻いているように見えた。あとで聞いて知ったけれど、実際にそうだった。ほかの隊員たちが、少年の陰口をたたいているのを耳にしたからだ。

「変なやつだよ、あのハンノ・Sは。あいつには影がこれっぽっちもないんだ」

練習が終わると、インカはハンノをまじまじと見た。ハンノは教会公園の雪で覆わ

みんなの目に映るもの、それは僕に欠けているもの

れた歩道を歩いている。雪面を太陽が眩しく照らし、人や木や家をすり抜けて二月の雪に青く伸びた影ができているのに、ハンノには影法師がなかったのだ。まるで、いくつもの太陽がハンノを照らしているようだった。

隊員の少年の一人が、ハンノに近寄ってこう言ったことがあった。

「おまえ、誰に影を売ったんだ？　悪魔に売ったのか？　いくらもらった？」

ハンノは頭をうな垂れるだけで、押し黙っていた。

次の聖歌隊の練習の後で、インカはハンノに声をかけた。

「ねえ！」

ハンノは伏し目がちにちらりと見てただ頷くと、門から忙《せわ》しなく出ていった。しかし、インカはハンノの後に走ってついていき、何もなかったかのようにしゃべり始めた。

「あなた、ほんとに歌がうまいわね。どこか別の合唱団でも歌ってるの？　あたしは学校の合唱団で歌ってるんだけど」と、インカが言った。

二人は、教会公園を突き抜けて一緒に帰っていた。ハンノが通りの日陰に行くと、ぼそぼそと受け答えする。十字路を渡ると日なたに出なければならなかった。すると、ハンノはためらって困ったような顔をし、ちらちらと周囲を気にしていた。

「あのね、影がないからって何にも気にすることないのよ」と、インカが言った。

ハンノは、びくっと体を震わせた。

「ああ、君も気づいてたんだ」

その声は暗かった。

「もちろん。でも、それが何なのよ」

「そりゃあ、いい話じゃないよ。何かの病気みたいじゃないか」

「えー、そうは思わないわ。あなたが水虫とか皮膚が厚くなっちゃう象皮病にかかった場合を考えてみてよ」

「血だよ。何にも手の打ちようがないんだ。でも、伝染はしないと思う。ドイツ人だったおじいちゃんのおじいちゃんから遺伝したんだ。それとも、おじいちゃんのおじいちゃんのお父さんだったかな。その人にも影がまったくなかったんだよ。彼は悪魔に影を売ったって本当に言われているし、本も結構書かれているんだ」

「へえぇ、すごいじゃない！」

「僕はそうは思わない。彼は本当にばかなことをやったよ。できることなら、僕は自分で影を育てたいくらいだ。それか、どこからか買いたいよ。だけど、どこで影を売っているのか知らない。スーパーマーケットじゃないことは確かだよ。多分、どこかのセカンドショップか古本屋かな」

「多分ね」と、インカは怪訝そうに言った。

「日が照っている日なんか、ちっとも好きじゃないよ」

「そう？　ねえ、あたしが心の中であなたのこと何て呼んでいるか当ててみてよ」

「何だよ？」

「太陽の子」と、インカ。

「おかしいよ」と、ハンノ。

「あたしの場合は、すごく嬉しくなることが怖いの。天気がいい日はだいたい嬉しくなるの。そう、つまり、あたしも本当はお日様が出ている日は怖がらなくちゃいけないのよ」

「そりゃあ変だね。人って、そんなに嬉しくなるもの？」

「あたしはそうよ」とインカは言うと、そのわけをハンノに話した。

「あたしだってどうすることもできないのよ」

そう言うと、インカは話を止めた。

「そんなこと、今まで一度も聞いたことない。人に影がないのと同じくらい変わってるね」と、ハンノは妙に思いながらも満足そうな表情を浮かべていた。

「だけど、その方がずっと楽しいと思う」と、ハンノはいささか憂いがちに言った。

「そうとはかぎらないわ。あたしは、もう二度とやりたくないって思ってるもの。だって、誰もしないでしょ。だけど、もうすぐ終わるわ。お父さんがいつも言ってるの、それはただの小児病だって」

「僕のお母さんも言ってるよ、きっといつかは終わるって。お母さんは、僕にいつかは影ができるって信じてるんだ。だけど、僕は信じられない。だって、それは遺伝的なものだから」

「そうなの？　あなたのおじいちゃんのおじいちゃんだっけ、誰だったか、その人が自分の影を売ったんなら、どうしてそれが遺伝なの？」

「だから、悪魔がその人の子孫全員の影に対する権利もおそらく買ったってことさ。多分、僕の影は今、悪魔のところにあるんだ」

　ハンノは重々しく溜息を吐いた。その溜息は心の底から不憫に思うくらい重たかった。

「悪魔が存在するなんて、あたしはさらさら信じてないわよ」と、インカが言う。

「信じてないの？」と、ハンノは愕然として言った。

「だって、そんなにたくさんの影を使って何をするの？　あなたがよちよち歩きの赤ちゃんのときに、その影がただどこかに行ってしまっただけだとしたら？　少しの間、影が冒険をしたかっただけだとしたら？　それなら、じきに戻ってくるわよ」

「そうだといいな」と、ハンノは力を込めて言った。

　そうして、毎週木曜日、聖歌隊の練習が終わると二人はいつも一緒に帰った。

3

「ねえ、すごいよ。僕ね、変わってる子に会ったんだ」と、練習が終わるとハンノが言った。

「そうなの？　どういうふうに変わってるの？　あなたやあたしみたいにってこと？」と、インカが聞く。

「ううん、その子は自分の姿が鏡に映らないんだよ」

「へえー！　どこに消えちゃったの？」

「今まで、一度だって自分の姿を鏡に見たことがないって言ってた。名前はアンテロっていうんだ」

インカは、町で一度ばったりとハンノとアンテロに会った。二人で泳ぎに行く途中だった。

「あなたがつまり、鏡に姿が映らない人？」と、インカ。

アンテロが、ハンノを凄い形相で睨みつけた。きっと、ハンノが話したのだと思ったのだろう。

「気にすることないよ、この子がインカ。空飛ぶ少女だよ」

「ああ、この子」

「僕たち、デパートに行くんだ。僕はシュノーケルを買うつもり。一緒に来る？」と、ハンノが言う。

三人は大きなデパートに向かった。シュノーケルを売っているスポーツコーナーには、化粧品売り場を通って行った。つけ爪や落ちないマスカラが売り出されいて、各カウンターには鏡が置いてある。落ちないマスカラを喉から手が出るほど欲しがっている様子を見るためだ。三人は鏡と鏡の間を縫って歩く。インカの姿はどの鏡にも映っていた。その姿に不服そうだが、アンテロの状況はもっとひどい。姿はあるのに、どの鏡にもその姿が映し出されていないのだ。

「おれが鏡の中でどういうふうに映っているか気がついた？　見えるものが何一つなかった」と、アンテロが言う。ちょうど、ハンノが美しい黄色いシュノーケルを買ったときだった。

「気づいたわ。何が原因なの？」と、インカ。

「多分、おれが孤児だから」

「どうしてそれが原因なの？」

「そうなんだよ」

アンテロは曖昧に答えた。インカが考え込んでいる間に、二人はスイミングホールに泳ぎに行ってしまった。

二度目にインカがアンテロを見たのは、聖歌隊の練習が終わってアンテロがハンノを待っていたときだった。インカは、二人と一緒に路面電車の停留所まで歩いていった。

「ねえ、アンテロ。あなたが最後に言ったことなんだけど、あたしよく分からなかったの」と、インカが聞く。

「何が？」と、アンテロ。

「つまりね、あなたが孤児院に住んでいることとあなたが鏡に映らないことはどう関係があるのかってこと」

「俺は、本当の母親と父親を知らない。だから、自分が誰なのか分からないし、俺は俺なのかも分からない。そういうことが鏡に映し出されている——もしくは、映し出されていない――と思っているんだ」

インカには奇妙な説明に聞こえたけれど、奇妙なことの多くは真実なのだ。

「自分がどういうふうに映っているのか分からないのは、結構つらい。なんかさ、誰でもいいっていうか――それとも、誰でもないっていうか。自分の姿が鏡に映らない人間なんて、自分の存在自体あやふやだよ」と、アンテロが言った。

「あなたは存在してる。だって、あたしにはあなたが見えるもの。あたしたち二人には見えてるわよ。鏡像なんて気にしない、気にしない。あなたは誰でもっていうわけじゃない。あなたはアンテロよ。ねえ、あたしたちクラブを立ち上げまし

どこかに春はいつもある

ょうよ」と、インカが言った。

「立ち上げるの？」

ハンノは当惑した様子だ。

「秘密結社よ。本当にいっぷう変わった人たちだけが入ることができるクラブよ。あたしたち三人みたいに」

「ああ、それじゃあ名前はオリジナル・クラブだ！」

アンテロの気持ちが昂ぶる。

「どうしてオリジナルなんだい？」と、ハンノが尋ねる。

「だって、変わってるからよ！」

そんなわけで、本当にそんなクラブを設立したのだ。ハンノはクラブの議長を名乗り出て、インカとアンテロもそれに異存はなかった。

「君は秘書になってくれる？」と、ハンノがインカに尋ねた。

「いやよ、だって女の人って言えばきまって秘書でしょ。アンテロがなってよ」

「じゃあ、君は何がいいの？」

「たとえば、会計係とか」

普段はハンノの家に集まっていた。というのも、そこだとうるさくないし、静かで広々としていたからだった。ハンノの母は腐敗菌についての講演のために出張に度々出ていたし、家にいてもハンノの父とチェスに興じていた。広間からは、チェスの時計針の音や木製の駒の軽い音がコトンコトンと聞こえるだけだった。

三人はハンノの部屋でオリジナル・クラブの会議を開いた。第一回目は秘書が議事録を書き、それを読み上げて議長と会計係がそれに同意した。議事録には、オリジナル・クラブの設立日と会員が書かれている。会費は、一人につきサルミアック・ドロップ[1]一箱だ。そのあとでゲームをして、本を読んでドロップを食べた。ついている日には、ハンノのおばあさんが焼いたレモンのメレンゲタルトを食べた。

ある日、学校でヤリとかいう男の子が、自分もオリジナル・クラブに入れるかとハンノに尋ねてきた。どこでクラブのことを知ったのか、ハンノは見当もつかなかった。というのも、オリジナル・クラブは秘密結社であって三人とも他言したことがなかったからだ。

（1）塩化アンモニウムの薬用ドロップ。

「どうして、君は僕らのクラブに入りたいんだい？」と、ハンノが聞く。

「俺は、この学校の誰にも負けないくらい遠くに唾を飛ばせるからだよ」

そう言うと、彼はほかの誰よりも遠くに唾を飛ばした。

「それだけじゃだめだ。とくに変わってるわけじゃない」と、ハンノが言う。

「おまえに唾飛ばしの何が分かるって言うんだ。おまえには影すらないくせに」と、ヤリは馬鹿にしたように言った
「僕らのクラブには唾飛ばしくらいでは入れないよ」と、ハンノがまた言う。

ある日のこと、インカのクラスメートのシニッカがクラブに入れるか尋ねてきた。どこでクラブのことを知ったのか、インカにはさっぱり分からなかった。そんなようなことは、風の便りで広まっていくものなのだろう。

「どうして入りたいの？」と、インカが聞く。

「だって、あたしはこの学校でほかの誰にも負けないくらい髪の毛が長いのよ。ほら！」

彼女は金髪のポニーテールを振りほどいた。すると、ああ！　耀く髪の毛がお尻を隠すくらいばさりと流れ落ちた。

「本当に長い。だけど、オリジナル・クラブには髪の毛が長いだけじゃ入れないわ」

すると、シニッカは顔をつんとそらしてこう言った。

「せいぜい、ばかなクラブをやってるといいわ。別に入りたいって本気で思っていたわけじゃないもの」

4

ある春の日、インカとハンノとアンテロの会員全員で広場の沿道にあるセカンドショップを訪ねた。そこに影が売っているかもしれないと、インカが言うのだ。もし、手が届かないくらいに高価であれば、ハンノに貯金を貸してもいい。インカには七二マルッカ[2]ある。全額、今、財布の中に入っているのだ。すると、アンテロも九〇マルッカある貯金を貸してもいいと言った。ハンノは毎週少しずつ返せばいいのだ。ハンノ自身も五〇マルッカ持っているので、高めの影が買えるというわけだ。

（2）　EUに加盟する前のフィンランドの通貨単位。二〇〇〇年当時で一マルッカ＝約一八円。

店の窓には、「新しいもの、古いもの、買います、売ります、交換します」と書いてある。インカが代表で掛け合った。

「おうかがいしたいのですが、こちらでは影になるもの売っていますか？　新しいものでも古いものでも。二二二マルッカ以内で」

「んー、二、三あったかなあ。別に高いもんでもないよ。あそこのコーナーを見てごらん、そこのラックね」と、店の主人が答えた。

へえ、影専用のラックがあるなんて！　それは、子どもたちにとっては思いもよらないことだった。影は折りたたんで、シーツやタオルみたいに押入れにしまっておくほうが便利だとインカは思っていた。しかし、薄暗いコーナーには雨傘や杖が突っ立っているラックしかなかった。

「見つかんない？」と、店の人が聞いてきた。

「雨傘を探しているんじゃないんです。本物の影です、人間の影のことなんですけど」と、インカは肩を落として言った。

「中古でも破れていないものを。僕らは一〇歳くらいのサイズの影がいるんです。あの子に合うような」と、アンテロが説明する。

するとヽ店の人はハンノの方に頭を傾げた。ハンノはどうしたらよいか分からず、棚の向こう側へさっと動いて、そこで『民族の歴史』を目で追っている素振りをした。「ふむ、そんなような一〇歳くらいのサイズの」と、店の主人はそう言うだけで、眉間に皺を寄せて子どもたちを見ていた。

「もちろん、影は伸びたり縮んだりします。だから、サイズにはこだわりません。多分、ちゃんとした場所で小さくなったり短くなったりするのを覚えていきます」と、インカが言う。

セカンドショップの店の主人はカウンターの蓋を指でコツコツと鳴らし続け、にんまりと笑いを浮かべていた。インカは次第に不安を覚え始めた。

「それか、本でもいいです。影を育てる方法が書いてあるような」と、インカは気弱に言った。

「おいおい、いいかい。君らと遊んでる暇はないんだ。私はね、棚卸しをしなきゃならんのだ」と店の主人は言うと、真顔になって音を鳴らす手を止めた。

「遊びじゃないぜ」と、アンテロが困り果てて言った。このセカンドショップは、ハンノには何の役にも立たないことにやっと気づいたのである。

「行こう、ハンノ」と、インカ。

店の主人には、棚卸しだか何だか知らないけれども、その仕事につかせた。ハンノは、一足早く表に飛び出していた。五月の太陽がきらめくように照っている。人や木や家から、深くてひんやりとした影が通りに伸びていた。店のドアは開いている。インカが後ろを振り返ると、店の主人が驚いた様子で、頭をもたげて通りの真ん中に立っているハンノを見つめているのに気づいた。燦々と耀く太陽がハンノをぐるりと取り巻いている。ハンノ自身もそれに気がついて、急いで通りの日陰に向かった。

「気にすんな。どこからも影を買えなくたって、どうってことないさ」と、アンテロが言う。

「だけど、誰かそういうのつくれないかな。サイズに合わせて」

ハンノは、まだ希望を捨てていなかった。

「多分、誰もつくれないわ。影は服とは違うもの。だけど、人は影がなくても生きていける。事実、影に役割なんかないし。それが役に立ってるなんて、少なくともあたしは気づかないけど。つまりね、人は暑ければ木の影に座ることができるけど、自分の影には座れないってことよ」と、インカが慎重に言う。

「慰めの言葉か」と、ハンノは涙をこらえて言った。三人は広場を通り抜けて歩いていた、というか小走りになっていた。天気の良い日はいつもそうするように。

「君には永遠にすてきな影がある」

ハンノは、市場の石畳にくっきりとした漆黒色を残しているインカの影を指差した。

「別にあげてもいいわよ」

「女の子の影なんかつけられないよ。笑い者にされちゃう」

「だけどさ、物々交換とかできないかな、ちょっとの間だけでも。おまえは俺の影を、俺はおまえの鏡像をもらう」と、アンテロが提案した。

「それじゃあ、君は鏡の中で違う人物に映っちゃうよ」

「うーん、だめっぽいな」

「ねえ、アイス屋さんが開いてる」と、インカが思いついた。

それは、この春一番のアイス屋だった。三人はアイスを食べようと図書館の階段に向かった。海が彼方で光を放ち、風は南から吹いている。アイスクリームは、キャラメルとリコリス・キャンデー(3)の味がする。夏と言ってもいいくらいだった。インカの心に再び青空が浮かんでくる。それが人を軽く軽くさせるのだ。インカが石階段にどっしりと座り込んでいても、徐々に体が浮かび上がるのを押え切れない。

「ハンノ、アンテロ、あたしをつかまえていて」

するとハンノが左手をしっかりとつかみ、アンテロは念のために右手を握りしめた。

「ひょおー。俺たちがつかまえていなかったら、カモメみたいに空を飛べるの？」と、アンテロ。

「きっと、何かしら重力が関係してるんだよ。君は知らず知らずにやってのけているんだ。すごい！　君が羨ましいよ」と、ハンノが考え込む。

「俺だってたまには飛びてぇな。教えてくれよ。ハンノや俺なんかにはほかの人たちにあるものが欠けているけど、君は違う。それ以上にもっているんだ」と、アンテロがしんみりと言った。

　インカは、自分が飛べることに初めて誇りを感じた。

「だけど、あたし教えられないわ。だって、どうやって飛んでいるのか自分でも分からないんだもの。ただ、起こってしまうのよ」

「でもさ、サーカスにでも行けば稼げるぜ。君は〝センセーション〟となるんだ」と、アンテロが興奮する。

「えー、あたしは〝センセーション〟なんかにはなりたくないわ。あたしは、海洋生物学者になるの。それか、天文物理学者かな。星の特徴を研究している人よ。それに、あたしは本格的に飛んでるってわけじゃないし」

「ちょっと練習すればいいんだ。泳ぐような動きをすれば上がるんだよ。それで、場所から場所へ飛ぶことだって十分できる。それだと便利だよな。俺は泳ぐの上手いぜ。俺がコーチになってやるよ」と、アンテロが提案した。

「だめだと思う。お母さんとお父さんを怒らせるだけだもの。だけど、ねえハンノ、あたしの影を分けることはできるかもよ。会ったときに共有しましょうよ」

「俺の影も分けてやるよ。つまり、真ん中に入ればいいんだ」と、アンテロが約束した。

「いいアイディアだね。僕らが並んで歩けば、誰も僕に影がないってことに気づかないよ」

（3）　甘草で作った真っ黒なお菓子。甘草の根には甘味があり、咳や腹痛などの治療薬に用いられている。

「アンテロの分とあたしたちの影を少し広げられる。そうすれば、あなたの分にも十分に足りるわよ」

その後、オリジナル・クラブの三人はくっつき合って並んで歩いた。教会の聖歌隊の練習日でなくても、日が照っていなくても、そうやって歩いた。海辺に行き、図書館に行き、カフェに行き、映画館に行き、テーマパークに行き、町全体を見渡せる展望台に行った。いつも並んで歩いた。心に青空をもつインカ、太陽の子であるハンノ、自分の鏡像を生まれつきもたないアンテロ。

時は過ぎる。実際はそれほど経ってはいないけれど、みんなにとってはたいていそう感じるものだ。インカとハンノとアンテロは変わった。ずいぶん経ったある日、インカはしばらく宙に浮いていないことに気がついた。父の言った通り、それは単なる小児病だったのだ。そして、ハンノは愕然とした。足元に何か黒いものが成長し始めたのだ。そう、それは影の萌芽だった。それが成長してくる。少なくとも影に関しては、ほかの人たちと同じであり始めたことに気がついた。

無重力と影なしの時代は過ぎ去ったのだ。大人になった。もう軽くもなく光もないけれど、それでも少しは賢くなった。

アンテロはある何でもない日に鏡を覗き込む。すると、そこにまったく新しい少年を見た。それはアンテロ自身だった。やっと、自分が誰で、どういう人物なのかを知ったのだ。少なくともアンテロはそう思った。

インカとハンノは、結婚して三人の子どもを授かった。長男は嬉しくなるたびに空に舞い上がり、娘は影をもたず、末っ子の息子は宙にも浮くし影もない。父と母とアンテロおじさんは、「気にするな、大きくなったら終わるから」と、子どもたちに言っている。

それでも、ハンノは影をもたずに歩いてきた過去を恋しく思う。インカは、心に青空があった遠き日々を思い出す。

アンテロは、鏡のアンテロと自分は同一人物なのかどうか疑ってしまう。鏡の少年は時とともに年老いていくけれど、アンテロはそうならなかった。人の目に映るみたいに、鏡の中ではそう見えるだけかもしれない。アンテロはいつだって変わらなかった。オリジナル・クラブに入っていたころと変わらず、若いままだった。

「人類の最善」あるいは「壮絶な娯楽」

町に新しくテーマパークができた。夏休みも終わる週末、おじさんとカイスおばさんと甥っ子のクラスと一緒に、ロッレはテーマパークに連れて行ってもらえることになった。

その日の土曜日は暑くて、空は抜けるように晴れていた。広場のカエデが数枚の黄色い葉っぱをひらひらと揺らしている。テーマパークのテントと売店、それに切符売り場が運動場に立てられている。丘の上では、年輪を重ねた菩提樹の向こうで観覧車がゴウゴウと音を立て、池の淵には太陽の照り返しで煌めく水上コースターが聳え立っている。入り口の上には、幕がピンと張られていて、そこには赤い文字でこう書いてある。

「損はさせません！」

読み書きを習い始めたばかりのクラスが、音節ごとに区切って読み上げてみる。

「どういう意味なんだろう？」

「単なるキャッチコピーよ」と、カイスおばさん。

切符売り場の前には短い列ができていたが、すぐに自分たちの番が回ってきた。

「けっこう取られるわねえ。存分に楽しませてもらわないと」

ロッレが入場券をまじまじと調べている。

「テーマパークの収益はそっくりそのまま『人類の最善財団』に寄付されます、だって。何なんだろう、この財団っていうのは？」と、ロッレ。

「何かのチャリティーだろうね。そんなのばかりだ」と、おじさんが言う。

うずうずしてたまらないクラスは、小バエがあちこち飛び回るように池からアイスクリーム屋へ、射撃場からゲームセンターへと駆け回り、「タイフーン」や「めまい」や「カオス」といったとりわけ激しいアトラクションに乗りたがった。ただ、クラスはまだ小さすぎて身長も足りず、体重も軽かったために乗ることができなかった。ロッレの方は問題なかったけれど、これといって乗りたいわけでもなかった。

「坊やたち、メリーゴーランドはどう」と、ある切符売り場の窓口から顔を出しているおばさんに声をかけられた。またお金を払うのだろうか？

「えー、メリーゴーランドなんてちっともつまんないよ」と、クラス。

二人は、年代ものの華やかな乗り物に視線を注ぐ。蛍光色でバラと天使が描かれ、二人の天使の間から薄笑いを浮かべている角の生えた醜い頭が覗いているのにロッレが気づいた。クラスに教えてあげようとしたけれど、結局やめてしまった。目を覆うくらい見るに耐えないほどだったのだ。

「メリーゴーランドはガキが乗るモンだよ」と言うクラスに、メリーゴーランドおばさんがこう誘う。

「もう嫌だわ、これは違うわよ！　これはね、怖いもの知らずの男の人が乗るの。そう、あなたたちみたいな。いいからいらっしゃいよ。乗り心地は抜群よ、保証するから！」

おばさんの笑顔は、天使たちの間から覗く薄笑いのようにロッレの目には意地悪く映り、メリーゴーランドに乗りたい気分に全然なれなかった。

「行っておいで、おじさんたちはあの喫茶店で待ってるから」

おじさんとおばさんはそう言って、乗車券を購入した。

「さあ、損はさせませんよ」

売店のおばさんは垂れ幕に書いてあることと同じことを言うと、おかしいことでもあるかのように口に手をあてた。

「じゃあ、行くか！」

クラスは乗ることにした。ロッレは少し遅れてついていく。クラスはドラゴンに乗り、ロッレはトラに乗った。二人のほかに三つ編みの小さな女の子も乗っていて、ブタの背にまたがっている。音楽が流れ始める。昔の曲だ。何かの行進曲だろう。メリーゴーランドはゆっくりと回り出す。ロッレは楽しくなってきた。

「行け、行け！」と、クラスはドラゴンを急きたてる。スピードが上がる。トラ、ドラゴン、ウシ、ウマ、ライオン、ウサギ、そしてブタが勢いよく追いかけっこする。

トラがロッレの股下で目覚めた。軽やかな身のこなしでジャンプする。トラだけじゃない、ほかの動物たちもすべてそうだ。ロッレは軽いめまいを感じていた。音楽も盛り上がり、音も大きくなってまったく新しいメロディーに変わってしまった。ヘビーロックみたいなものだ。ラジオから流れてくると必ずと言っていいほど母親にスイッチを切られるような、そんな感じの曲だ。まるで、ロッレはバスドラムにエレキギターにシンセサイザーを聞いているような気がした。

切符売り場が目の前をさっと駆け抜けては、すぐにまた戻ってくる。売店おばさんのにやけ笑いがますます大きくなって奇妙に映る。でも、すぐに消え去ってくれたからほっとした。地平線が歪んでいる。ロッレは今までにないめまいを感じていた。目の前ではテーマパークの喫茶店のテーブルが走り、おじさんとおばさんが駆けていく。

二人が立ち上がって手を振り始めた。すると、地上にあったはずのテーブルが空高く吸い上げられた。

「損はさせません！」

ロッレは、切符売り場のおばさんがこう叫んでいるのを聞いた気がした。笑い——おばさんとおじさん——悪魔——天使——太陽——笑い——悪魔——おばさんとおじさん——太陽——ますますスピードを上げてロッレを通り越して飛んでゆく。

クラスは奇声を上げて踵でドラゴンの脇腹を蹴り、三つ編みの少女はブタの背にしがみついている。バチバチという奇妙な破裂音が聞こえた。ロッレは全身の力を振り絞ってトラを掻き抱くけれど、背中から振り落とされそうだ。怖い。遠心力に引き離される。

「止めて！」

誰かがそう叫んでいるのがロッレの耳に聞こえた。

「一気に止めちゃだめだ。慌てないでゆっくりとスピードを落とすんだ……」と、おじさん。

次第にスピードが緩むと、一息吐いてやっと元の場所で止まった。ロッレは吐き気をもよおしたが、クラスは平然としていた。

「ちょっとすごかったな」と、クラス。

「ご満足したんじゃないかしら……手始めとしては！」と、売店おばさんが言う。

わざとやったんだ、とロッレは得体の知れないおばさんを見て確信した。おじさんが、鼻の頭に幾重にも皺を寄せながら話をしようと近づいてゆく。売店のおばさんは、肩をすくめて両手を広げてみせた。カイスおばさんは涙を浮かべている。

「シーツみたいに顔色悪いわよ。吐きそう？」と、カイスおばさんがロッレに声をかける。

時間が場所を変える

「なかなかよかった」と、クラス。

「変だな、故障しているなんて聞いたことないぞ」と、おじさんが言う。

おばさんは平謝りに謝ると、メリーゴーランドはすぐにでも点検して明日使用禁止の札を出すことを約束した。

「次はあっちに行こうか?」と、クラスが聞いてくる。

それは丸くて巨大なテントで、そのなかには輪の形をした線路が敷いてあり、小さな機関車と客車があった。テントの入り口の上には「サファリ」と書いてある。

「だめよ、さあもう帰りましょう」

カイスおばさんは、まだ神経が昂ぶっているのだ。

「嫌だよ! サファリに行きたい」

「まあ、あそこなら何も危険はないだろう」と、おじさんは言いながらおばさんを落ち着かせ、クラスのわがままを聞いてやった。

大きなテントには厚紙の木や紙の花でできたジャングルがつくられ、鉢にはリビングの窓にあるような、ヤシの木やシダといった植物がある。危険は微塵も感じられなかった。

二人が手狭な赤い客車に乗ると、まもなくしてギィーと軋み音を立てて客車は出発した。ゆっくりとペースを崩さずにほとんど音も立てずに進んだ。細い線路脇には、布や紙の塊で形づくったライオンやトラやヘビやサルがいる。回転したり前足を上げたり、あんぐりと口を開けたりして動いているものもあった。そういうふうに仕掛けられているんだとロッレは考えた。

ステレオからはサルの喚き声やライオンの唸り声、それにオウムの鳴き声が聞こえてくる。まったく子ども騙しでちっとも信憑性がない。何一つ本当ではないのだ。

「あれは違うよ。本物だと思う」と、クラス。

「絶対に違うよ」

そう言うと、ロッレはおもちゃのライオンをちらりと見やった。その尻尾は縄で、舌は赤いベルベットでできていることがはっきりと見てとれた。

「違うよ。ばかだな、後ろにいるもう一匹の方だよ」

客車が軋みながら進んでゆく。ロッレは後ろを振り返ると、じっと見据えた黄色い瞳がヤシの木の蔭に見えたのだ。心臓が震え上がる。フー！　あれはガラスの瞳なんかではなかった。鋭利な視線、睨み据えた眼光が鋭く光る。あれはジャッカルなのか、それともハイエナ？　ヤシの木の葉がカサッと一瞬動いた。奥底から込み上げる唸り声、ステレオから聞こえてくる声じゃない、誓ってもいい。どうか列車のスピードが上がってヤシの木の所には引き返しませんように、そうロッレは願った。

「うわぁ！　何だこれ？　きれいな紐！」と、クラスは声を上げて客車の床を見た。

何か長くてまだら模様のものが二人の足元で伸びている。きっと人工の木の枝から落ちてきたのだろう。クラスはつかもうとしたが、紐はよじれるとまたすぐにぴんと伸びた。はっと気がついたロッレはクラスの手をはたいた。

「何すんだよ！　何でぶつんだ！」

紐はくねりながら前進すると、客車から落ちた。

「まさか……？」

「そうさ、まさしく本物」

二人はその場に固まって座っていた。列車は再びヤシの木に向かってカーブを描く。ヤシの木に隠れて何かがさっと動いた。何かが飛びかかろうとして身構えている。ロッレは目をぎゅっと瞑って息を止めた。座席にうずくまると、重たくて鋭いものが襲いかかってくるのを待ち受けていた。クラスに気をつけるように言いたかったのに声にならない。

線路はカーブを切る。列車は、急ぐこともなく軋み音を立ててホームに入ってくる。ロッレは何とか呼吸を取り戻す。おじさんはちっとも分かっていない。何が安全だ！

表へ出ると、クラスがおじさんとカイスおばさんの所へ走り寄った。

「本物の毒ヘビがあそこにいたよ」

「それにジャッカルかハイエナも」と、ロッレが声を震わせながら言った。

おじさんとおばさんは微笑んでいる。そうでしょうねえ、と言いながら、クラスとロッレの頭をぽんぽんと叩いた。

二人は何も分かっていない。

「ねえ、もう家に帰ろうよ」と、ロッレが言い出したのも、常軌を逸したテーマパークにほとほと愛想が尽きていたからだ。

「なんだよ、来たばっかりじゃないか！　おれ、綿菓子がほしい」と、クラス。

「ロッレも食べるかい？」

綿菓子は甘ったるいだけだが頷いた。

綿を口いっぱいにほおばったロッレは、すぐにぺっと吐いてしまった。この綿菓子はちっとも甘くないのだ。

「うえっ、しょっぱいよ」と、ロッレ。

「ちょっとくらい、しょっぱい方がいいよ」

クラスはそう言うと、自分の綿菓子に舌鼓を打った。

「どう？　しょっぱくないの？」と、ロッレはあっけに取られた様子だ。

「ちょーしょっぺえーよ！　普通、綿菓子っていえばすげえ甘いぜ」

ロッレは気づかれないように綿菓子をゴミ箱に捨てたが、クラスは舐め続けながらこう言った。

「塩漬けニシンの味がする。あれ、好きなんだよね」

「もう行こう」と、おじさんは落ち着かない様子だ。

「うん、そうしようよ」

ロッレは、おじさんが自分と同じ考えだと知ってほっと安堵の胸を撫で下ろした。

「嫌だよ！　ここ、すっげえいいとこだぜ。観覧車にも乗りたい。水上コースターもいいな。ロッレ、おまえも来いよ」

「おまえたち、水着は持ってきているのかい？」

ロッレは、こっそり溜息を漏らした。おばさんとおじさんはまたクラスの言いなりだ。それに、結局ロッレもクラスに振り回されている。汗が滴り落ちる日ではあるけれども、水上コースターはロッレにはやけに高すぎる。

ロッレは、池の淵に向かって後からとぼとぼと歩いていった。そこには、キャラメル模様の小さな更衣室があった。水上コースターの頂上へ次々に梯子を上る。もちろん、先頭を行くのはクラスだ。水上コースターはロッレが思っていた以上に高さがあったけれど、目を瞑って命を削る思いでクラスの後に続いて思い切って滑り出した。

二人はほとんど同時に水にバシャンと飛び込んだ。あああー！　水飛沫が高々と上がったと思ったら、二人は身震いをしながら池の淵へとよじ上った。

「どうしたんだ?」と、おじさんが尋ねた。

「つ、つ、つめたい。み、み、みず……」と、ロッレ。

二人ともゼエゼエと息を吐いている。おじさんは跪いて指を水のなかに突っ込んだ。

「うわあ、こりゃ氷だよ！」

まさしく、池には氷塊がぷかぷかと浮遊している。そして、やっとのことで気づいたのだ。

「信じられない！　もう我慢できないわ！　八月の猛暑の真っただなかっていうのに！　このテーマパークはいったいなんなの？」と、カイスおばさんが不平をもらしている。

「いいかげん、私も疑うね」

おじさんは眉間に皺を寄せている。やっと二人は何か感づいたのだ！

「だけど、さっぱりしたよ。お、お、おばあちゃんも言ってたけど、寒中水泳はスカッとするって。ちょ、ちょっと身体にいいって。おれ、もう一回行こうかな。そうすればまた汗を掻くよ」と、クラスはいくぶん回復して言った。

「もうこれ以上はだめです。さあ、今すぐ家に帰りますよ」

クラスがぐずり始めた。

「帰んないよ。お化け屋敷にも行くんだから」

「だめよ、クラス！　いい子だから、ね」

「いいでしょ！　家でさ、お化け屋敷に行ってもいいって約束したじゃん」と、クラスが声を張り上げる。

クラスのぐずりが激しくなるので、おじさんとおばさんは折れてしまった。

「しようがないわね、だけど、あたしたちも一緒について行きますからね」

「だめだよ！　ロッレが来るんだ。大人たちは入れないよ。ロッレと一緒に行くんだ」

「それじゃ、これが最後よ」と、おばさんがぴしゃりと言った。

「ぼくはあっちのミラーハウスの方に行くよ」と、ロッレ。

ミラーハウスはお化け屋敷の真向かいにある。口の形をした入り口が誘っていて、口からは長くてプラスティックでできた赤い舌が伸びている。

「ええっ、ミラーハウス！　あそこは何にも面白くないぜ。とりあえず、俺はお化け屋敷に行くから」

「ほらほら、お化けを見に行ってきなさい。まっすぐここに戻ってくるのよ、このベンチで待ってますからね」と、カイスおばさんのお許しが出た。

「オーケー」

ロッレの方は、赤いプラスティック舌を通ってあんぐりと開いた口に向かって歩いてゆく。うわっ！　メリーゴーランドで不気味に笑っていたおばさんが、今度はミラーハウスの入り口に立っている。ロッレの姿を見かけておばさんはうきうきしていたけれど、ロッレはちっとも嬉しくはなかった。ロッレは、おばさんに五マルッカを払

‘私’はいくつ？

って入っていった。なかはキラキラして物音一つせず、自分の姿を笑いに来ている者は一人もいなかった。

ただ横に進むだけで、小さくなったり大きくなったりする。それから、同じ背格好の少年が幾重にも分裂した。最初のミラーではピーマン、二番目ではリンゴ、三番目ではナスの形になった。足が茹でたスパゲッティみたいによじれたり、ダックスフントのように短くなったり、頭が巨大なカボチャくらいに膨れ上がったり、と。お腹もそうだ。鼻は動物の鼻面のように伸びる一方で、首は跡形もなく消えている。

それでも、鏡に映るロッレの瞳はどれ

も変わらず同じだった。瞳は二つあるのに、寂しそうだった。出ようと決めたのに、おかしなことに入ってきた通路を見つけられない。口の形をした入り口が消えてしまった。周りを巡らすのは映像だけで、水面下を歩いているような気がしていた。

ある鏡には、ロッレの背中だけが映っていた。これこそ変わったミラーだ！　鏡の中のロッレは、やたらと長身で腰が曲がっていて黒く見えた。いや違う、これはロッレなんかじゃない！　そのことに気づいた瞬間、鏡像がくるりと振り向いてロッレを見つめた。カツラを被った痩せぎすの男で、上品な黒服と白いシャツに身を纏っている。カツラに間違いない。その髪の毛は不自然にボリュームがあって、光沢があったからだ。

「ちょうどいいところに来たね。ドライブはどう？　本当にいいタイミングだよ」

「お誘いはとても嬉しいんですけど、ドライブには行きたくありません」

「行きたいに決まっているだろう。君はラッキーボーイだよ」と、男が念を押す。

男がミラーを押した。ロッレが小さく映っているミラーだ。ミラーが横にずれて、テントの裏側にあるテーマパークの裏庭がロッレの目の前に広がった。テントの入り口の真ん前に黒くて磨かれた車が停車していた。窓ガラスにはスモークが貼られていて、微かな音が聞こえる。エンジンがかかっているのだ。

「見てごらん、本当にかっこいい車だろう。君を待っているんだよ、すごいだろう？　誰しもがこんな高級車に乗れるってわけじゃないよ。そう言わずにおいで」と男が言うと、ロッレの腕をつかもうとした。

「いいです！」

「何だと！」

ロッレは足掻きながら男の手から逃れた。これまでにないくらい必死になってミラーホールから通路を駆けていった。どうしてテントがこんなに大きいんだろう？　それとも同じ通路を何度もぐるぐる回っているんだろうか？　背後では、衝突音と喘ぎ声が聞こえてきた。鏡に映った姿が追い駆けてくる。鉛筆のようにひょろっとしているものもあれば、サンタクロースのようにでっぷりと太っているのものもある。しかし、どれもカツラを被って黒服を着ていた。

ロッレが躓いてミラーに激突した。ミラーは壊れ、破片がガシャンと音を立てて床に落ちたけれど、ロッレはすぐに起き上がった。すると、日の光が見えた。破片で手の甲に激痛が走るが、気にしなかった。背後からは激憤と失望の叫びが聞こえた。

テーマパークのおばさんが出口で両手を広げて立っている。おばさんには笑顔はなく、その瞳は暗黒と憤りでギラギラしている。ロッレが外に出るのを邪魔しようとしたけれど、かまわず小さな戦車のように前進していった。ズシンと重々しい衝突音が後ろで聞こえたと思ったら、カツラ男が地面に倒れて苦しそうに罵声を浴びせている。転んだ拍子にカツラが取れて、はげ頭がさらされていた。

「覚えとけよ」と、男が捨てセリフを吐いた。ただ、ロッレに言ったのではなくクラスに言ったのだ。

「やったぜ」

ずんずんと走りながらクラスが囁いた。

「何のこと?」

「足を引っかけたんだ」と、クラスはほくほく顔だ。

「あのじじいはほんと悪いヤツだな」

「来てくれて助かったよ」

もう誰も二人の後を追ってこないのに、ロッレの息は荒い。

「じゃ、もう行くから。おれは火食いマジシャンを見に行くんだ、じゃな!」

「行っちゃだめだよ」

ロッレが声をかけても、クラスはもう行ってしまった後だった。おばさんとおじさんは、ミラーホールの前のベンチで待っていた。おじさんは雑誌を読んでいる。夏もまだ本番のように太陽は燦々と照っている。下の通りからは電車の軋み音が聞こえ、町は普段と変わりない。どうしてこんなことが起こるのだ？

「何があったの？　どうしたの？　手から血が出てるじゃないの」

カイスおばさんは動転している。

「あそこに、あそこにいたんだ……」と、ロッレは必死で説明しようとするものの、すぐに言葉が出てこない。テーマパークのおばさんが寄ってきてこう言った。

「もう嫌だわ、ひどい転び方したのねえ！　ばんそうこう持ってきてあげますよ」

カツラ男の姿はもうどこにもなかった。

「ぼく、転んでなんかないよ！　あいつらが僕を誘拐しようとしたんだ！　このおばさんとカツラ男だよ。おばさんがテントから逃がさないようにしたんだ」

「子どもはほんと、想像力に富んでいますからねえ。あそこにカツラ男なんていませんよ」と、テーマパークのおばさんが言う。

「ちょっと言わせてもらいますけど、ここは、何もかもがおかしいわよ」と、カイスおばさんが恐い顔をして言った。

「このテーマパークで何が本当に起こっているのか、ちゃんと調べさせよう。そうすれば、真相がはっきりする」と、きっぱり言い切ったおじさんは不機嫌そうだ。

「何なのよ、いったいこの場所は！　あなた方のことを通告します。ここはほんとに危ない所だわ」とおばさんは言うと、ロッレの手にハンカチをぐるりと巻きつけた。

「何ですって！　子どもたちはドキドキワクワクを愛しているんです！　私たちは、そういうことを子どもたちに提供しているんです……損はさせません！」

「何がドキドキワクワクだ！　私があなた方をドキドキワクワクさせてあげますよ。責任者に会わせてください」と、おじさんが言う。

「よろしいですよ。私がそうです。財団の経営者です」

目の前にいっぷう変わった小さな男性が立っている。トーガのようなものを身に纏い、花冠を被ったその姿は、ロッレの目には歴史でよく語られる皇帝のように見えなくもなかった。

「ああそうですか、いいですか。私にはいくつかお尋ねしたいことがあるんですよ。

なぜ、プールには氷があるんですか？　なぜ、メリーゴーランドは猛烈なスピードで回るんですか？　それから、さっきミラーハウスで何があったんですか？　この子はまだ怯えているんですよ」

　支配人、もしくは皇帝がロッレをちらりと見た。

「まあ、肝っ玉が据わっていない子たちもいますからねえ」と、気だるそうに語尾を伸ばす。

「いいですか！　あなた方のアトラクションは故障しているんです！」

　おじさんの声は、ロッレに悪寒が走るくらいに冷ややかに響く。

「そんなこと、まったくありません！　アトラクションには何の問題もありません。胸を張って言い切れます。まさに、マニュアル通りに動いています。見てくださいよ、機械には特定の細工をプラグラムしてあるんです。計算の上です。そうすることで、誰にも飽きがこないんです。アクションがないと！」

「な、なんだってえ！　無責任だ！　犯罪だ！　なんて残酷なんだ！　どこかのテントでは本物のヘビがいるって、この子たちが話していたぞ。ハイエナもそうだろう。私は、この子たちの話は嘘じゃないと信じてきた。こんなテーマパーク、あったもんじゃない。誰が子どもたちを死なせるためにここに連れて来るっていうんだ」

「興奮しても無駄ですよ。この世界には、子どもはいくらでもいます。多すぎるくらいです！　少し除去しないといけませんよ」

「除去！　何をとんでもないことを話してるんですか？」と、カイスおばさんは文句たっぷりに聞く。

「世界の人口増加はいささか抑制する必要があるんです。お分かりでしょう、文化人のあなた方には、どうです？」

支配人は、こう続けるといやらしく笑った。

「よくもまあ、ぬけぬけと！」と、おじさん。

「気でも触れたの？」と、カイスおばさんが金切り声を上げ、はっとしたように慄いて周囲を見渡した。

「クラスはどこに行ったの？」

「さっきまではここにいたよ」と、ロッレ。

おばさんが、つんざくような声でクラスを呼ぶ。

「何叫んでんだよ？」と、クラスがロッレの肩越しに覗き込んだ。

おばさんとおじさんは安堵の色を見せたが、事態はそれどころではなかった。支配人の口は減らず、にやにや笑ってはトーガの白い裾をひらひら揺らしている。カイスおばさんの頬が真っ赤になり、おじさんの顎鬚が小刻みに震えている。支配人の話を止めさせようとしたが、そう簡単にはいかなかった。ロッレは、クラスの顔がいつも以上に汚れているのに気がついた。

「ここは普通のテーマパークではありません。ある種の学校です。特別学校、お分かりでしょう」と、財団の経営者が言う。

「理解できませんね」と、おじさんとカイスおばさんが声を揃えて言った。

「子どもたちを、大人になる前にさまざまな方法で鍛えてあげなくてはなりません。あなた方のようなご両親が、いつもこのことを理解しているわけではありません。おじやおばや祖父母もそうです。学校でも人類の最善を理解されないということは、非常に残念です。教師たちはもうどうしたらよいのか分からないのです」

「回りくどい言い方ね。私は、母でもあり、おばでもあり、教師でもあります。私だって、いろいろ知っています」と、おばさんが腹立たしそうに言った。

「もう嫌だわ！　そう思っていらっしゃるだけですよ」と言う皇帝夫人にも檄が飛ぶ。

「お黙んなさい！　私が今から話すんです。おばかな人たちはよく聞いてお勉強なさい」

「本当にそうです、もう嫌だわ、お勉強なさい！　これはあなた方への教育です。入場料分ですよ、何でもない額。ただも同然です！」

「ずうずうしい！」と、おじさん。

「いいですか、私たちは生きる上で大切なことをここで教えています。これは、ある種の特別学習です。私たちは恐れるということを教えますが、乗り越えるということも同時に教えます。ここでは、優れた人を選り分けているんです。生き残る者もいれば、まあーそうですね……全員が全員、生き残るとはかぎりません。エリートのみです。学術科学的な還元主義を実践しているのです」と、支配人が言う。

「どういう意味ですか？」

「排除です。人類にとって最善となりますよ。お遊びじゃありません、お分かりになるでしょう。最後の手段ですよ！」

　ロッレは支配人の話を聞いていたが、支配人もその夫人も、自分のことをエリートだとは思っていないだろうと考えていた。

「気をつけろ。あいつは頭がおかしいぞ」と、おじさんは声を落としてカイスおばさんに言った。

「普通の楽しみとは、娯楽とは何ですか？　代わり映えのない時間潰しです」

支配人は感情を昂ぶらせ、諭すように指を上げ、話している最中に唾でトーガの裾の折り目を正した。

「私たちはここで娯楽のレベルを一新しているのです。娯楽ビジネスの腕利きのプロです。あなた方はすぐにはお分かりにならないかもしれませんが、これは双方向性のある暫時的アートなんです」

「分かりっこないわ！」と、カイスおばさん。

「しかし、私たちの活動は常に科学的教育という行動指針に則っています。それに、テーマパークの収益は全額『人類の最善財団』に回されるんです。入場券に明記してありますでしょう」と、皇帝は誇らしげだ。

「ああ、そうですか。財団はあなた方ですか、あらかた検討はつきますよ」と、おじさん。

「費用は、すべて共通の最善のために使用されます。ただ、人間は自分にとって何が最善なのか理解したいと思っていないだけです」

どこか近くで、女性の金切り声が聞こえる。しばらくその悲鳴が響いた。

「誰かまた氷のなかに飛び込んだの？」と、ロッレが聞く。

いや、声は水上コースターのある池の方から聞こえてきたのではない。広場にはもう一つ、もっと大きな池がある。その淵ではボートが貸し出され、それでスイレンを縫って漕いでいけることになっている。まさに、そこから騒動が聞こえてきたのだ。

「どうしたんですか？」と、おじさん。

「サメ！　サメ！」と、恐怖に怯えた答が返ってきた。

「もう嫌だわ、金魚が泳いでるだけなのに」、皇帝夫人が蔑むようにそう言うと、長いこと笑っていた。

「このことも調べさせましょう」と、おじさん。

「いいえ、ありていに言いますよ。そうです、あそこにはサメがいます。ボートは底が外れるようになっています。そうやって、刺激のない平々凡々な日常にいくぶんか付加価値をつけているんです」と、皇帝が真面目に言った。

「付加価値？　サメで？」と、おじさんが声を張り上げる。

「私たちがここで提供しているのは、単なる代替物ではなく現実です。そこにはもっと深い教えが含蓄されています。人は刺激的な体験を欲していて、何のリスクもなく買えるものだと思っているのです。ああ、真の冒険は真の恐怖なくして得られません。サメやハイエナには、テーマパークを開場する前には決まって絶食させています。そして、私たちの毒ヘビは若くて気性が激しいものです。これを、私はエクスプレッシブ・コンクレティスムスと呼びたいですね！」

「私は犯罪と呼びたいね。動物と人間に対して」と、おじさん。

「言葉が出ないわ」

そうおばさんは言いつつも、あれやこれやと言い足した。しかし、ロッレは話には耳を傾けずに、くんくんと空気を嗅いでいた。煙たい。

「どうして煙のにおいがするんだろう？」と、ロッレが聞いた。

「めちゃめちゃすげえぞ。火食いマジシャンが口から火をぶっ放したら、テントに火がついたんだよ」と、クラスが言う。

二人が、火食いマジシャンのテントを見ようと振り向いた。濛々と濃い煙を吐き出し、眺めているときにちょうどボンと炎上した。雷のような音が聞こえ、轟き、バチバチと燃え上がり、火花を散らしている。

「ああ、神様！　あなた方は本当に私たちの子どもを殺す気なの？」と、おばさんが叫び声を上げる。

「警察に電話するぞ。それから消防署に」

「徒労です！　これは演出の一部なんです。これはパフォーマンスです。ファイアーアートです。もう嫌だわ！　あたくしの夫はすご腕の花火師なんですよ」

支配人がにんまりと満足げに笑っている。

「ごらんください、この火花の散り具合を！　そして、燃え具合を！　正真正銘、本物ですよ！　こういうテクノパーティーやストロボはいつ見ても圧巻ですよ、どうです？」

「あそこでは何が起こってるの？」と、おばさんが聞いた。

今度は、広場の反対側から叫び声が聞こえてくる。あそこの観覧車が亭々《ていてい》とそびえ立っている所だ。

「倒れるよ」

ロッテがそう囁いたのも、本当に観覧車のアクセルが崩壊してしまったかのように見えたのだ。車輪の上部は斜に傾いでいて、客車が通りの真上に宙吊りになっている。消防車と救急車のサイレンが耳に届いてきた。おばさんはロッレの、おじさんはクラスの手をつかんでいる。

「さあ行きますよ！　あとで警察署にこのことを報告しましょう」と言うおばさんに、クラスもさすがに反対しなかった。

火花と熱気を帯びた粉塵が頭上を飛び交い、サイレンが唸る。ロッレは、二台の巨大な黒い車がどうやってテントの裏側から音も立てずに出て行ったのかしっかり見ておきたくて後ろを振り返った。車は曇りガラスを敷いていて、忽然と町の喧騒に姿を消していった。

「あの人たちは子どもが憎いのかな？　子どもはみんな大人になるのに」と、ロッレ。

「それだから憎いんだよ、たぶん」と、クラス。

「そんなこと誰が……今日のことは忘れるようにして」と、おばさんは溜息を洩らして身震いした。

そうあっさりとは忘れらない、ロッレはそう思った。カイスおばさんはバッグからハンカチを掻き出すと、嫌がるクラスの顔を拭いた。

「お化け屋敷のあのドラキュラは本物だったよ」と、クラスは母親の手から逃れると言った。

「本物？」と、ロッレ。

「ああ。やつがおれの首に食いつこうとしたら、唾を吐いてこう言ったんだ――うえっ！ってな」

「どうして？」

「おれさ、ガーリックポテトグラタンを食べてきてたんだ。だけど、まあまあおもしれえとこだったよ。来年も来ような」

ああ、クラスはまだ子どもだ。

「どうやったら人はあんなふうになるの？」と、ロッレがおじさんに尋ねる。

「こっちも知りたいくらいだ」、そう言うと、おじさんはロッレの手をきつく握り締めた。

「家まで送るわ」と、カイスおばさん。

「いいよ、ぼく、一人で帰れるよ」

ロッレはそう言うと、テーマパークに連れて来てくれたおじさんとおばさんに丁重

にお礼を言った
「本当にどうもありがとう！」

すると、おじさんとおばさんはロッレを抱きしめてこう言った。

「いいのよ！」

おばさんとおじさんとクラスは路面電車の方へ、ロッレは家に向かって二ブロックほど歩いた。リビングの絨毯に横になって、『フーおじさん』[4]を読んで、マフィンを食べよう。一個といわずに二個ぐらい。

「どう、楽しかった？　何か面白いものはあった？」

そう聞いてくる母親に、ロッレはマフィンを口に含んだままこう言った。

「別に、普通だよ」

説明するのが億劫だった。カイスおばさんがきっと代わりに説明すると思っていたのだ。

「ちょっと顔色悪いわよ。はしゃぎすぎたの？」

「そうかもね」

母親がテレビのスイッチをつけると、ちょうどニュースが流れていた。消防車のサイレンが聞こえ、煙と倒れた観覧車が映っている。母親は大きく息をしてロッレの方を振り返ったけれど、ロッレは何も言う必要はなかった。というのも、そのときちょうど電話が鳴ったのだ。カイスおばさんだな、ロッレはそう思った。

日も落ちて、母親がずいぶん長いことロッレの部屋に留まってインドのジャングルの話を読んで聞かせてくれたけれど、始めのうちは眠りたくはなかった。うとうとし始めると決まってガラスがパーンと割れ、ドシンドシンと重々しい足音が耳のなかで轟くのだ。

ロッレはおじいさんの別荘のブランコを頭に思い描いた。色塗りされていないただの木片で、しっかりしたボート綱で老木の枝に高々とくくりつけられている。世界中のテーマパークのどこを探したって、これほど素晴らしいアトラクションはない。ブランコは最初はスピードは遅いけれど、ぐんと弾みをつけると止まることを知らない。

そのブランコに、ロッレは夏の薄暮に包まれて腰かけた。足で弾みをつけて飛ぶ。ブランコが後ろに揺れてぐわんと上がる。灯台の明かりが遠くから燃えるように赤々

（4）　フィンランド人作家ハンヌ・マケラ（一九四三～）の代表的な児童文学作品シリーズ（一九七三～）。

地表から空は始まる

と目に映る。外海は煌めき、島の向こうの町まで見える。ブランコからは町全体が眺望でき、通りには車、電車、子ども、大人が歩いている。ロッレには夜がある。でも、町は休まない。人は店や学校や仕事やレジャーに急ぎ足だ。ブランコが元に戻ると、ロッレの足が地面を擦って離れた。ブランコをもっと空高く急がせる、もっと深く夢のなかへと。ロッレを雲が横切ってゆく、雲を星が横切ってゆく、そして星を宇宙の夜が横切ってゆく。

毎日が博物館

母はニュフヤラで生まれた。北東に位置する遠くの小さな町だ。八月、母は生まれ故郷を見に行こうと決めた。

「一緒に来る？　でも、とりたてて何にも目を引くものはないのよ。今のニュフヤラは見る影もないわね。ただし、博物館が好きなら話は別だけど」と、母が言う。

「オッケー、ちょっと行ってみようよ」と、私。

私たちは、早く起きすぎてしまった。魔法瓶とリンゴジュース、それにキュウリとチーズのサンドイッチをリュックサックに詰めた。ニュフヤラ行きの列車運行は打ち切られてしまっていて、バスすら通っていない。そんなわけで、隣町から三〇キロ以上の道のりをタクシーで行かなくてはならなかった。費用は高くつくけれど、とにかく出掛けましょう、と母が言った。

「博物館に行くんですかね？」と、タクシー運転手がいろいろと詮索してくる。

「そういうわけでもないんですけど。ただ、町をぶらぶらと見て歩こうと思って」と、母は当たり障りなく答えた。

「あそこは、あんまり見るものがありませんよ。博物館にはほんと、ますます見るモンがないですわ」

タクシーは大通り沿いの川岸で私たちを降ろした。通りにも川にも往来はなく、母がこの場所についてあれこれ話してくれてはいたけれど、小さな町の静寂と淀んだ雰囲気にぞくっとした。

「昔はここに猟師のボートがあってね、そこでニシンやジャガイモを売っていたの。今じゃ、岸に一隻のボートもないわ」と言う母は寂しそうだ。

「あ、あそこ」

私が指さした場所には、なかば泥に沈んだボートがあった。まるで、嵐で波打ち際に打ち上げられた海の生き物のように横たわっている。私はぐるりと見渡して唖然とした。人っ子一人いない。

「お母さん、この町変な所ね。ほんとに誰も住んでないの？」

「ごく僅かだけ。博物館の警備係とかそんなような人たち。その人たちだって数人しかいないのよ。言ったでしょ、ここ二、三〇年間はこんな状態だって。お母さんがここで生まれて育ったなんて想像もつかない。昔の面影なんてないわ」

「その当時はほんとに普通の町だった？」

「どこにでもあるような川辺の小さな町だったわよ。ライネル・リューサもここで生まれて育ったの」

「あの実業家の？」

「そう、その人。あなたのおじいちゃんのクラスメートだったのよ」

「あのどうしようもない人？　町をいまやこんなにも寂れさせてしまったっていう？」

「そう、同じ人。学校時代からどうしようもなく自己中心的な人だった、とおじいちゃんが話してたわ。ライネルのお父さんは食料雑貨店を経営していて、ライネルは休み時間になるといつもイチジクを食べていたの。だけど、ほかの人には分けてやらなかった。一つ二マルッカくらいで売りはしてたけど。年のわりにはちゃっかりしていて、これでもかっていうくらい搾りとるって言われていた」

　川辺の通りをぶらぶら歩いていたら、道路沿いに低い木造平屋が見えた。何だか、追憶のなかへと埋もれてしまったようだった。ペンキは剥がれ落ち、屋根は悲惨な状態で、長雨が降り始めると、雨が空しい部屋に滴り落ちた。店はどこも閉まっていて、乗り捨てられた車が数台ほど路肩に止まっているだけだ。石畳の隙間からは、チャービルやイラクサや何だか分からないキノコがはびこっていた。

広場には建物があった。そこには、立派なアリ塚がこんもりと隆起していて、忙しなく蠢いている。アリたちは自分たちの店を開いていた。

銀行の窓には、「親身になって応対します」という忘れ去られた大昔のチラシが貼ってある。窓は割れていて、店内から丸々とした野ウサギが飛び出してきた。

「多分、株のことを言ってるのね」と、母。

「ねえ、ここってライネル・リューサ通りだよ。結構、上の人なんだろうね。みんながみんな、自分の名前が通りにつけられるわけないもん」と、角を曲がった所で気がついた。

「それに、町全体を仕切る人なんてちょっといないわ。ライネル・リューサは精力的な人だった。本当にね。学生のときにもう紳士洋品の会社を立ち上げたのよ。会社はぐんぐん伸びて、時代とともに大会社に成長したの。子会社をまず隣町に設立して、それから海外へも足を伸ばしたのよ。イニシャルとロゴは、しばらくの間全世界に知れ渡っていたわ」

「ああ、あの頭文字が一つにつながった飾り文字のこと？」

「そうそれ。ＲＲは、シャツとかサスペンダーとか全商品につけられた。とくに靴下ね。当初の社名は単純に『リューサ株式会社』だったんだけど、会社が株式市場に上場すると『RRカンパニーリミティッド』になったのよ」

「お母さん」

「なあに？」

「どうして、この通りに面した家の玄関には表札じゃなくて日付みたいなのがついてるの？」

「ここじゃどの通りもそうよ。博物館の名前のようなものね。見てごらんなさい、どの家もここでは博物館。どの博物館にも、ライネル・リューサの人生の一日を後世のために記録しているの」

「ちょっとおかしいんじゃない！　ねえ、あの家はだいたい何なの？　何か足みたいに見えるんだけど――靴下かな、そう、そうだわ！」

「本当にそうね。あれは靴下館って呼ばれていて、博物館のなかでも最初に建てられたのよ。RR商品には、いわゆるソックスやストッキングがあって、シルク、ウール、木綿素材もあれば、履く人のイニシャル入りの高級靴下もあるの。それから、皺にもならなくて圧迫しないような専売特許の靴下もあるわ」

誰も未来を見ていない

「もう売ってないの?」

「そうね。RR自体が博物館の仕事に移行してしまっているのよ。ちょっとあれを見て!」

草木が生い茂る公園の歩道を歩いていたけれど、公園らしきものはすでになく、その代わりに鬱蒼とした森が生えていた。母が指さしたのは凛々しい銅像だった。その紳士像の右手の人さし指は遥か地平線を指している。

「あれ、リューサ?」

「ほかに誰がいるの?」

「何を目指してるんだろう?」

「きっと、華々しい未来よ」

カササギがリューサの頭上に鎮座して、

上着の肩の辺りを汚していた。

「リューサ本人はここに住んでるの？」

「ええ、住んでるわよ。ちょうど、この辺りだと思うけど」

ぶらぶらとセンター街の次にやって来たのは、小さめの家に広めの庭、腐敗した木柵や伸び放題のリラの茂みがある町の一角だった。

「ここよ」

そう言うと、母は白い門の前で立ち止まった。二階建て風のベランダのある黄色い家が母の生家だ。

「ああ、桜の木が枯れてる」

母はにわかに悲しそうな表情を浮かべると、物思いに耽っていた。私たちはずいぶんと長い間何も言わずに立ちつくしていた。世界中のほかでもないここで、小さな女の子だった母のことを考えるのも変な気持ちだ。

「ねえ、もう誰も住んでいないの？　本当に空き家？」

「まさか、誰も住んでないでしょ。だけど、博物館としては機能してるわ。何であれ、機能はしてるのよ」と、母は溜息を洩らした。

「見に行く？」

「行ってみようか。懐かしいわ、昔の壁を見るなんて。私たちのころのものなんて、これ以外はもう残っていないでしょ」

扉には「一九三三年二月一四日」と記されてある。これが、この博物館の名前だ。ベランダにある自動販売機で入場券を購入すると、扉がカチリと音を立てて開いたので家に入った。

「これね、当時は台所だったのよ。そうそう、私のおばあちゃんがここで眠っていたわ。窓にはいつも明るいレースのカーテンがかかっていて、夏になるといつも、窓台にパンジーの苗を育てていたわね。あそこの隅に木製のかまどがあって、土曜日の晩は決まってクレープを焼いたのよ」

それが今ではガラスのショーケースの置き台となり、いろいろなものが展示されている。一九三三年二月一四日付けの数学のテストなどがあり、ライネル・リューサは五〇点しかとれていなかった。展示品にはライネル・リューサのスケート靴もあった。ちゃんとしたアイスホッケー用のではなく、皮製の紐で縛られたものだった。母によると、靴に取りつけるスケート靴のことを当時は俗に「ヌルミクセット」と呼んでいたそうだ。スケート靴の裏には、ペアスケートについての詳細な説明が書かれてあった。壁には、ペアスケートと同じ日に起こった世界の事件に関連した写真資料が額に飾られてある。ショーケースに積もった埃の向こうに、スターリンとヒトラーの髭が見える。

「ここにはお母さんたちの痕跡なんか何一つ残ってないけど、それでも、家は私たちのことを忘れていないと思う。壁は耳を澄まし、屋根は目を澄ましてる」と、母が言った。

私たちは二階に上がった。私のおじさんが小さいころ、学校に通っていたときに住んでいた屋根裏部屋だ。今は、ライネル・リューサの大おばさんのテュッティのものになっている。そこには、前世紀の家族写真と切手コレクションがあった。テュッテイはおそらく切手コレクターだったのだろう。彼女は九一歳でこの世を去った。ライネル・リューサが数学のテストをして、ペアスケートをしたその日に。

少女時代を過ごした部屋の窓からは、朽ちた桜の木、隣の博物館、遠くにある教会の尖塔が見える。ここにも、ニュースや新聞の切り抜きや昔で言うチラシのような広告が展示されている。あるスキンクリームのチラシはこう謳う。

〝あなたのつや肌にざらつきを感じませんか？　ツヤリは肌をすべすべにして、小じわを減らします！〟

母はしばらく部屋の窓辺に佇んでいて、一言もしゃべらなかった。ニュフヤラでの青春が恋しくなったのだろう。泣き出してしまうんじゃないか、そう思った。この町に戻ってくることはいい考えではなかったかもしれない。

「いったい、どうしてまたリューサはこんなこと思いついたの？　町全体を博物館にしてしまうって？」

私は、母がまた元気になってくれればと思って聞いてみた。

「そうねえ、ほんと首を傾げちゃうわ。さあ、コーヒーでも飲みましょうか。あそこのリンゴの木の下で飲みましょう。誰も私たちを追い出しはしないでしょ」

寥々とした町外れの瘤だらけの老木の袂に腰を下ろして、リュックサックから魔法瓶と炭酸ジュースとサンドイッチを取り出した。

「見て、お母さん！」

冠のような頭をしたヘラジカが十字路を横切っている。ハリネズミの鼻面がフサスグリの茂みの向こうから覗き、オジロワシが教会の尖塔の上を飛行している。気持ちが次第に昂ぶってゆく。ニュフヤラは完全に寂れてしまったわけではなかったのだ。じきに動物の町となるだろう。実に、サマーキャンプにはもってこいの場所だ。

ＲＲ企業の取引高は何百万クラスなのに、ライネル・リューサの心配は絶えることがなかったと母が言う。

「どうして？」

「あの人は老衰と死と忘却を恐れていたの。たとえ自分自身がいなくなっても、その人生を後世のために保存しておきたいと願ってね。だから、博物館を建てようと考え出したのよ。国立リューサ博物館。図面コンクールを開いた結果は見ての通り」

「あの靴下館？」

「そうそれ。博物館はいくつもに区分されていて、例えば、ＲＲプレスクール、ＲＲ中学校、ＲＲの親友たち、ＲＲの大好物、ＲＲ洋品会社設立、ＲＲ隆盛期Ａ、ＲＲ隆盛期Ｂ、ＲＲヨーロッパ席巻、ＲＲオーストラリア席巻、ＲＲ中国席巻っていうように」

「何だかつまんないね」

「本当にそうよ。ライネル・リューサは靴下館を訪れるのが好きで、過去の思い出に浸っていたの。だけど、しばらくすると、靴下館はあまりにも窮屈だって頭を抱え込むのよ。区分している数もそんなにないし。よくよく考えてみると、自分の人生の毎日にはそれぞれの博物館がいることに気がついてね。それはものすごい数よ、六二×三六五でしょ。博物館もそれ相応の数がいるってわけ。もちろん、新しい人生には新しい建物が必要になるわ。もし、リューサが八〇歳まで生きるとしたら、博物館はつまり……」

「ちょっと待ってよ。暗算してみるから……二万九二〇〇軒！」

「ニュフヤラにそんなにたくさんの家があると思う？　あるわけないわ」

「だけど、リューサは音を上げなかったんでしょ？」

「そう、企画がやり遂げられないって百も承知だった。いずれにせよ、隣の敷地を購入するつもりだったの。まず、会計係イントのサウナ小屋を購入して、リューサ一九一九年三月二日ってつけたのよ。それが一番初めの日。ピーサマ夫人の家にも新しい名前がつけられて、リューサ一九一九年三月三日となったわ。同じように購入した家すべてに名前をつけたの」

「でも、みんなはどうして家を売ることを承諾したの？」

「どうして？　ほとんどの人たちが二つ返事で売ってしまうくらい、リューサは莫大な金額を提示したのよ。売ろうとしない人がいたら、まず金額を上げる。それでもだめだったら、嫌がらせを始めた。垣根越しに道路を敷いて、昼夜なく砂利やら瓦やらセメント袋を運ばせたのよ」

「何て卑劣な人！」

「偏執狂って言いたいわ。住人たちが次第にニュフヤラから引っ越して、後に残ったのは博物館の職員だけ。そのほとんども遠くから通勤してね。ニュフヤラに住居なんかもう一つも残っていなかったから。博物館の地下室とか屋根裏とか離れとかに社宅としてもらっていた人も数人いたけど。各博物館には、責任者、秘書、レジ係、それから警備係が三、四人いたわね。来館する人たちに目を光らせて、盗みを働かないかとか傘やカメラを持ち込んできていないかを監視していたの」

「だけど、あんまり仕事はなさそうだね」

「来館者数は悲惨なものよ。だいたい分かるわ。リューサは若手の研究者も雇って、新しい人生の博物館の計画をさせていた。これは、リアルタイムでやっていかなくちゃならなかったの」

「きつい仕事だね」

「毎晩、リューサと何時間も意見を交わしあった。二人はリューサの一日の出来事をさらって、書類、請求書、手紙、レシート、リューサの使った食品のパッケージ、干乾びたロールパン、使用済みのハンカチ、噛み終わった後のチューイングガム、胃薬の残り半分なんかを、一つ残らず研究者は保管したの」

「考えてもみてよ、触ったものは残らず展示しなきゃならないなんて！　よく生活できてるね」

「できてないわよ。ただ記録してるだけ。リューサは、いつも小さなテープレコーダーを持ち歩いていた。単調な声で、上着の襟につけていたマイクに向かって話していたの。一歩一歩、見たもの、聞いたもの、嗅いだもの、味わったものすべてを言葉にして」

「かわいそうな人！」

「まもなくして、リューサは商売を放棄し始めた。博物館に没頭したのよ。お気に入りの博物館が二つあって、一つは五歳のときのある春の日の博物館。三輪車や四歳のときに着ていた水色のパジャマをじっと打ち眺めながら何時間も座っていることもあった。もう一つは、将来の奥さんとなる人と出逢った日の博物館。奥さんは早くに亡くなってしまったけれど、不思議じゃないわ。その博物館にはリューサのお気に入りの場所があってね、ショーケースの前よ。そこには、亡くなった奥さんの歯ブラシや香水や耳栓が保管されているの」

「どうして耳栓を使ってたの？」

「ライネル・リューサが朝から晩までマイクに話しているのを聞きたくなかったらしいわ。ある晴れた日に、お金が底を突きましたって連絡が入ったの。ライネル・リューサは、自分の巨万の富をすべて博物館シリーズに浪費してしまっていたのよ。企画は未完成のまま、企業は倒産してしまった」

「それでどうなったの？」

「リューサの助手が辞表を出してね、精根尽き果てて長期休養が必要だった。ほかのスタッフも一人、また一人と辞めていって、博物館の表玄関には自動販売機が設置された。それで、ライネル・リューサは一人で町に残ったのよ。生まれ故郷は荒廃していった。でも、そこに彼の生涯で最大の記念碑があるのよ」

「博物館に来る人はいるの？　今日の私たち以外に」

「少なくとも、ライネル・リューサ自身はね」

「ねえ、世界はライネル・リューサを今でも覚えてると思う？」

「どうかしらねえ。会社は過去のものっていうのは確かね。ＲＲ会社はＦＳＧとＱＷＺ会社に合併したの。グループのアイデンティティ課が大会社の名前をつけ直して、確かインテリジェンス株式会社になったのよ」

「インテリジェンスは靴下とどう関係があるの？」

「何にも。インテリジェンスは紳士洋品店じゃないのよ。コンテンツ産業に打ち込んでいるの。何だか分かる？」

「何？」

「あの人たちはニュフヤラを再建してるのよ。というか、まずはすべてをクリアにするの。ここには事業養成所と能力センターが建てられる。ニュフヤラはインテリジェンツィアに変わって、全国のコンテンツ産業の中心となるのよ」

「どういうこと？」

「ちょっと分からない」

「だけど、もう博物館は造らないんでしょ？」

「少なくともRR博物館はね。その伝説はもう終わったのよ」

私は寂しいものを感じていた。このゴーストタウンやおかしな博物館を好きになり始めていたからだ。もうじき、シメギの静寂が過去のものになってしまう。ヘラジカ、アリ、そして野ウサギは森へ逃げてしまう。川下に向かって歩き始めた。空に帳が落ちてくる。路地のつっ先に、赤土で塗られた小さな小屋がすっくと立っている。その窓からは微光が揺れていた。

「ねえ、あそこに誰か住んでるよ」

「まさか。あれも博物館よ、会計係の昔のサウナ小屋」

サウナ小屋の窓からなかを覗き込んでみると、テーブルにはカンテラが灯されており、老人が部屋で行ったり来たりしていた。

「見て、お母さん。あれ、あの人？　ライネル・リューサ？」

母は手をかざして目を凝らし、しばらくしてからこう言った。

「そうかもしれないわ。これは一番初めの博物館。多分、老後の人生をここで送ろうと引っ越してきたのかもね」

紳士洋品店の以前の経営者が、色褪せたガウンを身に纏って素足で歩き回っている。

老人の影は、その人自身よりもとてつもなく大きくて天井まで伸びていた。部屋の床の真ん中には揺りかごがあって、白いベールで覆われていた。壁伝いに洗濯紐がかけられ赤ちゃんのオムツが吊り下がり、老人が揺りかごの脇に屈み込んで揺らしている。赤ちゃんに話しかけているようにも見えたし、歌っているようにも見えた。弱々しく震える声が聞こえた。

「あそこで眠ってるの、誰の赤ちゃんだろう?」

「誰の子でもない。揺りかごは空っぽよ。あれは、リューサ自身の揺りかご。あの人は、ここで生涯を閉じるのね。そうなのよ」

老人が過去をあやしているのをしばらくそこで見ていたら、昔の子守唄が聞こえてきた。

かわいい、かわいい春のつぼみ、
夢の地へといざなうよ。
タンポポの花冠がほら、見てごらん、
頭《こうべ》を垂れてるよ。

影はリューサの大きさを語らない

揺りかごは空っぽだと母は言ったけれど、私にはそうは思えなかった。蚊の泣くような子どもの弱々しい泣き声を聞いたような気がしたのだ。過去がそこで泣いているのか、それとも未来？

木々は八月に何をするのか

1

リンゴ、スモモ、サクラ、どの木も年老いた薬剤師の庭園に植わっている。でも、木々はそれを知らない。誰の所有物かなんてどうでもいいことだった。大切なのは、木々の根が大地の液を吸い、梢が星の光を汲んでいること。ただ、それだけだ。

薬剤師といっても、かつての薬剤師であって定年退職してもうずいぶんになる。周りからは世捨て人とかいささか風変わりな人だと見られている。薬の毒気に頭が混乱してしまったとか、狂い咲きの薬剤師と呼ぶ人もいる。けれども、庭園の管理に関しては文句のつけようがなかった。その噂は教区を越えて知れわたるくらい、庭園を拡張したり品種改良を行ったりしていた。

白と紫が咲き誇るリラの柵が、道路と庭園の間に境界線を引いている。門からなら、通行人もその絶景をかいま見ることができる。薬剤師の庭園は、各方角に部屋が開けているような巨大な宮殿のようだった。南向きには香気の漂うバラ園があり、ツタのからむ数々の門からは、プラタナスのような日除け木のある庭や白い花の部屋、青い花の小部屋へ通じていた。野菜園や自然の野原、スイレンに捧げられたウォーターガーデン、国産と東洋のハーブ園、ポピーの炎が野原で揺らめき、ジギタリスの花蜜が小さな羽虫の訪問客を誘う。

薬剤師の本来の野望は異国風の庭園だった。だからこそ、日の当たる丘に見上げるようなガラス張りの部屋をつくったのだ。その根幹は頑丈なカラマツでできていて、傾斜のある屋根の小さな教会か寺院を想起させた。薬剤師にとって庭園は聖なる場所だった。植物学に対する愛情と情熱は、花々の前で礼拝と愛の仕事へと昇華した。

冬の温室は、幻想的な光景を醸し出し、雪面に囲まれながら遠く村道へと耀きを放つ。野原は萎えて森は葉を落とす。でも、雪片の舞に温室の終わりのない夏が煌めいていた。吹雪がガラスを冷たく着飾るけれど、その向こうで花々の熱い色彩が揺らめている。

そんな冬のころに、薬剤師の庭園は事故に見舞われた。村の少年たちが集いの家からわいわいと戻ってくるところで、踊り終えて興奮冷めやらない状態だった。一緒にいた女の子たちも気にしていない。みんな、あまりにも若かったのだ。村道で少年たちが喧嘩をし始めて、成り行きで雪合戦をすることになった。花の中でも大ぶりで赤

南を見つめて

い花が一輪、じゃれあう様子を目で追っているかのようにガラスにもたれかかっていた。

「何をそんなにじっと見てるんだよ？　冬を食らいたいのか！」

アーペリという少年が声を荒立てた。聖歌隊長の長男だ。アーペリが雪玉をぎゅっときつく固めると、花の顔めがけて投げつけた。ガラスが、ものすごい破裂音とともに冬の夜に砕けた。世界中が目覚めてしまうくらいの爆音だった。花弁の微かな煌めきが地面に落ちる。花は斬首されたのだ。少年たちは逃げ出した。

薬剤師は目覚めることはなく、ジャングルでの夜通しの作業でぐっすりと眠っていた。

朝になって、薬剤師の心臓がぴたりと止まった。歳月をかけた苦労と忍耐が一晩で崩壊してしまったのだ。熱帯雨林は凍りつき、ランやキョウチクトウやレモンの木は枯れ果ててしまった。シダは干乾びたボロ雑巾となり、天井をこすっているナツメヤシがすっかり裸木と化しているのを見ると、年老いた薬剤師はおいおいと泣き崩れた。

少し気を取り直してから、この事件について知っている村人はいないか聞き回った。知っている人はいただろうが、薬剤師に話す人はいなかった。ただ、怪しいと思う人物はいた。村では噂が流れており、それは薬剤師の耳にも届いていたのだ。

薬剤師は破砕したガラスを修繕し、凍結した楽園をコンポストに投げ捨てた。懐疑心と辛辣な思いは、間もなくして当人の聖歌隊長の長男に向けられたものの、少年に何か言うわけではなく、ただ悶々と恨みを抱いているだけであった。そういう性格なのだ。

海外から新しく種を取り寄せ、芽吹かせ、水をやり、来る日も来る日も世話に明け暮れた。南方にも足を向け、オーストラリア産やインド産や中国産といった何種類もの珍しい苗木を持ち帰った。春になると、温室には新しいブドウの蔓や天使のトランペットやヤシの木や竹が成長していた。

年月は巡り、温室の庭園は以前よりも華やかに光彩を放って再び開花した。村の人びとはあの出来事を忘れてしまっていたけれど、薬剤師はそうではなかった。彼は待っていたのだ。執拗な男である。悪事を働いた者に、いまだにお仕置きをするつもりだったのだ。

2

青年が庭園の門前に立っている。アーペリだ。昔の彼とは違う。いまや、アーペリは成長して利口にもなった。それに彼は恋に落ちていたのだ。商人の娘で婚約者のアンニーナが誕生日を迎える。それで、何か普通の花とは違う、何か今まで見たこともないくらい豪華な花をプレゼントしたいと思っていた。もちろん、薬剤師の庭園には教区の中でもとびきり水際立つ花々があることをアーペリは知っていた。

でも、薬剤師を恐れていた。少しおどおどしながら、薬剤師の庭園の門をしぶしぶ開けた。アンニーナのため、それだけを思って勇気を奮い起こしたのだ。

少年は、庭園のツタバラで覆われたアーチゲートをくぐった。八月の太陽に夏が熟れる。フサスグリの黒や赤の房が地面を擦り、活気の溢れる野菜園ではカボチャが黄色い玉を膨らませている。キャベツ坊主が、ナスタチュームとマリーゴールドの疲れを知らないダンスを取り囲む。

ああ、薬剤師の庭園には何という馥郁たる香りが漂っていることだろう。ハーブ園では、聖なるバジルは紫の花で埋め尽くされた茂みとなってぐんぐん伸びている。鬱蒼と茂ったタイムの柵からは、ラビッジや最高級のフレンチタラゴン、七種類のミントや青いヒソップ、それに銀色の葉をもつラベンダーが所狭しと伸びてそよっている。冬の晩には、薬剤師は独自の調合でハーブを使って薬を煮出している。これが、地方医師の薬よりもずっと効果があると噂になっているのだ。

アーペリは温室に目を向けた。ガラス越しに、色とりどりの花々の炎が揺らめいている。光景は驚くほど美しいのに、嫌な腹痛がする――ほら、まただ。

いつものように、薬剤師が温室でいそいそと精を出している。アーペリを見かけた薬剤師は、小さな馬鍬を手に出てくると丁重に挨拶した。その瞳に冷たい閃光がちかりと煌めいていたことにアーペリは気がついていない。いずれにしろ、あれから四年の月日が流れている、そう思っていた。当時はまだ子どもだったけれど、今では大人だ。アーペリは少しだけゆったりと身構えた。

「花がいるんです。何か本当に特別なきれいな花なんですけど」と、アーペリが言う。

「ここに来て正解です。ここだったら、教区の中でもひときわ変わっていて美しい花たちがいますよ。なかに入って選べばよいだけです。彼女は何が一番お好みですか？　バラですか、それともランですか？　モクレンですか？　ミモザですか？　キョウチクトウですか？　それともジャンボハイビスカスですかな？」

「ああ、僕は何も知らないんです、まずはちょっとだけ見てみないと」と、もじもじしながら言った。アーペリは、花のことに関してはまったく知識がなかった。それに、花を贈る相手のことも薬剤師に知られたくなかった。でも、薬剤師はもちろん知っていた。

温室の扉に立っただけで額に汗が滲み出る。アーペリはシャツのボタンを外した。

「ええ、ここでは汗を掻きますよ。掻かなくちゃならないんです。これらは南国の奥地の植物ですから。温もりを愛しているんです」と、薬剤師が言った。

「ええ、そうでしょうね。花はおいくらぐらいするんですか？」と、アーペリがぶつりと呟いた。

「お金はいりません」

「いらないんですか？」

アーペリはぱっと喜んだ。

「けれども、三つの質問に答えなくてはなりません。これが花の値段です」

「どういった質問ですか？」

アーペリがおどおどしながら尋ねたのも、やはり薬剤師は何か知っていると疑ったからだ。

「もちろん、お金を払いますよ」

「お金はいらないんです。最初の質問は非常に時事的です。では、木々は八月に何をするのか？」

「木々ですか？　そりゃあ何もしないでしょう、とくには。ただ、成長するのみです」

と、アーペリは戸惑った。

「そうですね。木々は夏に成長します。七月いっぱいまでぐんぐん成長しますが、それからぴたりと止めます。暑気が続こうとも、木々は八月には成長しないのです」

「ああ、そうなんですか」と、アーペリは言った。これといって興味が湧かなかった。

「木々が八月に何をしているのか、答えられますか？」

「いいえ、見当もつきません。僕は、もう花をいただけないんでしょうか？」

「では、二番目の質問はいかがですか。いいですか、花の知識はどこにあるのか？」

「まさか、花は何も知識をもたないでしょう。花はただ咲いて散るだけです」と、アーペリは神妙に言った。

「そう思いますか？　けれども、三番目の質問はご存知かもしれませんね」

「何ですか？」

「三番目の質問は、時の時計は何か？」

アーペリは首を横に振り、ここに来たことを後悔した。噂は本当だったのだ。薬剤師は変人そのものだ。

「仕方ないですから、なかに入って彼女の花を探しなさい」と、薬剤師は溜息をもらしながら言った。

「何を選んでも構わないんですか？　ただで？」と言うと、アーペリは喜んだ。

「おそらく、花が選んでくれるでしょう。もしくは選ばないかも。ひどく暑くありませんか。まずはさっぱりとした飲み物がほしいのでは？」

「ええ、それはもう」

アーペリは、薬剤師の親切さに多少の戸惑いを覚えていた。

「ジュースがあるんですよ。絶品です。自分で育てた果物から取ったものです」

「ありがとう、是非いただきたいです」と、アーペリ。

薬剤師の温室の棚には、ピッチャーとグラスが置いてあった。

「これほど異国情緒のある飲み物は、以前に飲んだことがないでしょうね。さあ、味見してみてください。きっと気に入りますよ、保証します」

薬剤師はグラスを取ると、透き通った黒い液体を注いだ。そして、別のピッチャーから水を注ぎ足した。

アーペリはお礼を言ってグラスをつかんだ。飲み物を見て少したじろいだのも、グラスには底なしの黒水の池があるように見えたからだ。そこにジャングルが映し出され、投影された植物が深淵から頭をもたげている。中央には自分の目が反射していた。アーペリがグラスを覗き込むと、その中身がぐるぐると旋回し続けて、グラスの中に小さな嵐が起こったようだった。

自分の目を信じるべきでしょうか？

飲み物は天にも昇るような香りを放ち、アーペリは喉がからからだった。グラスを傾けるとごくごく飲んだ。それは、今まで飲んだことのあるどんなジュースやワインよりも美味しいものだった。甘味があって、それでいて渋味もあった。

「おいしい」と、アーペリ。

「もう一杯ほしいかな？」と、薬剤師が聞いた。

「いただきます。ここでは本当に喉が渇きます」

そして、アーペリはもう一杯ぐいっと飲み干した。しかし、そのあとで自分の目を飲んでしまったかのように感じたのだ。

薬剤師は自分は飲まずに、アーペリが飲むのをただじっと満足そうに見ているだけだった。もう一杯注いでくれたらとアーペリは願っていたのだが、注がれることはなかった。

「それでは、ぐるりと見てください。あそこにブドウの蔓があります。じきに唸らせるようなワインができますよ。ですが、バナナが木に成長しているなんて今まで見たことがなかったでしょう」

二人はプライベート・ジャングルにやって来た。温室はそれほど大きくはなかったものの、あちらこちらに吊り下げられた鏡が迷路のような奥深さを醸し出していた。外壁を伝って這っているコマクサ科のツタが強い陽射しを遮っている。ランの静謐な口唇が膨らみ、ミモザはここでは金の玉の木にまで成長している。通り過ぎるときに触れると、すっとしぼんで引っ込んでしまった。

アーペリは、コブラの頭部のようにカーブしている粘着性のある植物を見かけた。

「それは食虫植物です。多くのハエたちの溶鉱炉であり墓場なのです」

気温は暖かいのに、アーペリは寒気を覚えた。二人は次々と狭い通路を歩いて、薬剤師は左に右にと指さし続ける。

「あそこにあるのはミカンの木です。花が咲いているでしょ、分かりますか。実も熟れてますよ。あそこの小さな旗のようなものが吊り下がっているあの木はハンカチの木です。それから、あのツタ、天井まで這っていて蔓を下に投げ打っているあれはトケイソウです」

甘く香る花弁が、十字の形をしたおしべのついた柔らかい指でアーペリの髪に触れる。ツタの下に少しでも長く座っていれば、蔓がねばねばした網をぐるりと巻きつけ始めるのだと、薬剤師が言っていた。

薬剤師がセロシアと呼んでいる植物はいっぷう変わっていた。このスモモ状の黄味を帯びた赤い花序を見ると、アーペリは脳みそを思い出す。

薬剤師が新種のラテン語名を言うそばから、その名前はアーペリの記憶からふつりと消え去ってゆく。そして、頭の中が少しもやもやしているように感じ始めていた。きっと暑気当たりにでもかかったんだろう、そう思っていた。そして、やっと薬剤師にすすめられた。

「さあ、なかに進んで花を探してください。目を凝らして探すんですよ！　歩道をずんずんと進めばよいのです。その道は、じきに小さな池へとカーブします。そこで、たくさんの花を目にすることでしょう。普通ではない花を。ここに戻ってきたころには答えが分かっているはずですよ。私は草むしりに行ってきます」と、薬剤師が言った。

アーペリは一人温室に残った。歩きながら目を凝らす。鉢にはトランペットや昆虫のような形をしたもの、針や肉垂やスリッパなどを思わせるような植物が咲いていた。そこから流れてくる匂いは甘くて爽やかで熱を含んだものだった。球状の花序や輪状の子房、葉鞘類や花柱のない柱頭が目に映る。羽状や平行脈系のもの、剣状や半シリンダー状のもの、丸みを帯びたハート形や櫛で梳いたような髪の毛の形をした葉は、歩いているときにカサカサと音を立てる。アーペリが進めば進むほど、花がどんどん大きく見えてきた。

薬剤師の温室は、何とまあ大きかったことだろう！　ガラスの部屋がこれほどまで大きいなんてことがあり得るのだろうか？　外観からは想像もつかなかった。まるでマジックだ。

アーペリは天井に焦点を定めようとしたものの、ハンカチの木とユーカリのしんとした梢が視界を妨げる。どうしたら、奇妙な温室にこんな森が生長できるのだろう？

温室の別の隅に来てしまったか、気づかないうちに違う建物にたどり着いたかしたのだろう。それとも、庭園の外に舞い戻ってきてしまったのだろうか？　そうだとしたら、今までに見たこともない地域に来てしまったことになる。植物の葉は青々としたベッドカバーで、その幹はずんぐりとして台木のようだ。何だか見知らぬ土地を歩いているようで歩道はもうなかった。

コブラの花がアーペリを振り向く。その口はあんぐりと開いており、アーペリは恐怖で息が絶え絶えになる。命からがら丘によじ登ると、そこには見たこともない木が高く伸びていた。何という木だろう！　木を見れば見るほど、変なふうに見えてくる。こんな木は今まで見たことがなかった。

アーペリは目を擦ってもう一度見た。頭は重たくなるばかりで、もやもやしているように感じた。そして、目にしたもの！　ああ、なんてこと！　顔が木にひしめいている。何百万という平べったい煌々とした顔だ。葉の緑色の目がアーペリにつきまとう。それぞれの顔は同じ形をしているのに、一つ一つが少しずつ違っているのである。

後ろを振り向くと新しい顔と目があった。どこを向いても見知らぬ生物に取り囲まれている。これらは植物や花や木と呼ばれているものだけれど、いったい本当は何者であって、何を望んでいるのだろう？

植物の未知の生活は、深い眠りのようにアーペリをぐるりと取り囲んだ。植物を形成している物質は光であり知識である。初めてアーペリは理解した。植物だって悟り、感じ、自分なりに考えているのだと。

そして、戦慄を覚えた。異人たちのなかから去ってしまいたい。植物が後をついてくる。アーペリの足音が根元の繊毛のなかでドシリと響く。アーペリの呼吸が前を急ぐと、花弁が揺れてアーペリを露にする。

「僕を放っておいてくれ！」と、アーペリが声を上げた。それに植物は無言と不動で答えた。この場所以外に落ち着ける場所はどこだろう？

アーペリの目に植物を取り巻いている炎が見える。それぞれの植物に独自の色をもたせているエネルギー。その炎は鼓動して、自分のリズムを刻みながら縮んでは膨らんでいる。アーペリの行動に幽霊のような炎が揺らめき、何種類もの色彩の閃光シャワーがそこかしこから飛び交い出ているようだった。

アーペリは、気を取り直そうとした。花の匂いを感じ、水の音を聞いた。鋭い花弁が頬をかすめる。いくぶんかは気分も落ち着いた。花一輪一輪に小さな神が住んでいて、それぞれの花の本当の名前は「無限の生」なのだ。

そして、今、植物に知識があるということを知った。しかし、これらの知識は決して言葉では言い表すことができないだろう。この叡智はありとあらゆる人間的な能力を超えるもので、生長に誤りがないということなのだ。

水の音が大きくなる。その音は耳を聾するほどだ。泉が少年の目の前で池へと飛沫を上げる。いや、それは泉ではなく轟々と滾る滝《たぎ》だ。目の前にあるのは池なんかではなく運河だ。彼方まで続いている水路なのだ。平たい緑色の葉が流木のように水面に浮いている。アーペリは難なくそれに乗って、水の旅にでも行けそうだった。

まもなくすると薄暮が訪れた。あっちからもこっちからも青白い光が仄めいている。あれは月だろうか？　しかも一つではない、青白い円盤がいくつもある。それとも、あれは月光が反射している薬剤師の鏡なのだろうか？　植物のシルエットは暗黒の夜空よりも黒かったけれど、これらの影絵を縁取っているのは燃えるようなオーラだった。

アーペリは戻りたかった。でも、出口が見つからない。歩いては躓き続ける。ジャングルは鬱蒼となるばかりで、目の前に押し被さってくる。きっとぐるぐると同じ場

「無限の生」という名の花

所を巡っているのだろう。アーペリは、途方に暮れて温室の囚われの身となっていた。

白い花が薄暮から優しく、まるで満月のように光を差し込んでいる。

「やっと分かった！　こんなような花を僕はアンニーナにあげたかったんだ」

アーペリは花の根元でそう思ったけれど、それは自分の頭よりも大きくて重たかった。どうやって運べるというのだ？　それに、花の茎は太すぎる。茎を切るのに斧が必要なくらいだ。

花がさっと動いた。神妙にアーペリを見つめ、その深い瞳が眩しい光を放っていた。アーペリは後退りした。こんな瞳をもぎ取るなんて自分にできるだろうか？　そして、アンニーナに花を渡せないことが今やっと分かった。ここから、一輪だって持ち帰れないのである。

花がゆっくりとアーペリの方を向く。その顔は金色の光だった。それは気品溢れる女神だった。これまでに一度だってこんなに美しいものを見たことがない。アーペリは花の前に深く跪く。そして、夜が二人の上に流れ込んだ。

3

「何か見つかりましたかな？　夜通しで花を探していましたね」と、薬剤師の声が聞こえてきた。

アーペリはびくっとして立ち上がった。本当に休むことなく探していた。温室は夕べとは違って見える。神々は去ってしまったのだ。白い花は花にすぎず、木々は木々にすぎず、そして葉は単なる葉にすぎなかった。

「花は、いりません。こんな花を手折ることなんてできません。それぞれが顔をもっていました。少なくとも昨日は」と、アーペリが言う。

「人間だって切られますよ。すべての顔はいずれは枯れてしまいます。花を手に入れることができずとも、答えを手に入れました」と、薬剤師が言った。

二人は庭園の外に立っていた。少年が身震いする。暑気は終わってしまったのだ。黄色い葉がアーペリの足元に落ちてきた。

「木々は八月に根をつくります。花の知識は種にあります。そして、種は時の時計でもあるんです。そこには歴史があって、来る時代があるのです」と、薬剤師が言った。

アーペリは、薬剤師の言葉を最後まで聞けずに打ち明けようとした。

「薬剤師さん、四年前のことをご存知ですか。その、あなたの温室が——冬のころなんですが——僕が……」

「知っていますよ。落ち着いてください。もう大丈夫です」

「すみませんでした。僕の代わりに彼らにも言っておいてください——」と、アーペリが小声で言った。

「何も言う必要はありません。自分たちに必要なものは何なのか彼らは知っています。それで、私も謝らなければならないのです」

「どうして?」と、アーペリが驚いたように尋ねた。

「あのジュースです。あれは普通のジュースではなかったのです」

アーペリがはっと気づいた。

「あれを飲むと小さくなるんです。そして、以前とは違ったふうに見えるのです」

「つまり、僕はあの温室で幻想を見たということですか？」と、アーペリが聞いた。

「何を見たかなんて、どうして私が知っているのでしょう。誰でも自分の目を持っています。おそらく、真実であるものを見たのです。それは、めったに見ることができません。あなたにお渡しするものがあるのです。あなたとあなたの彼女に」

　薬剤師が手のひらを差し出した。そこには、小さなドングリがたった一つだけ乗っていた。

「鉢に植えて水をやり、そして待つのです」と、薬剤師。

「それは樫の実ですか？」と、アーペリが聞いた。

「時計でもあります」と、薬剤師。

「時計？」

「時の時計です。それを鳴らすのです。そこには歴史がごそっと詰まっています。そこには未来への出口があります。それらは、同じ箱の中で一緒くたになっているのです」

アーペリは、ドングリを鳴らすと微かな打音を聞いた。

「それは永遠の音です。このドングリから宇宙樹が生長します。それ以上に大きな木はありません。二人はその若木を見て、子孫がその木陰に座るのです。八月になるたびに、それは地中深くに根を下ろし、子孫がこう言うのです。『私たちの先祖がこの木を植えたのです』と」

「そう言うんですか？　つまり、僕たちのことですか？　僕とアンニーナ？」

「まさにその通りです」と、薬剤師が言った。

秘密のコーヒー　葦の物語

コーヒーは子どもの飲み物じゃない、八月に祖母にこう言われた。星の村で。

「大人になってから」と、おばさんが同調する。

「一口でもだめよ！　ミルクを半分は入れて」と母は馬鹿にしているけれど、ヴェーラはもう小さくはないのだ。

「お砂糖もらっていい？」と、ヴェーラ。

「シュガーポットから取りなさい。そのカップの持ち運びには気をつけてよ」と、母が言う。

「日曜日のカップ！　お皿の上のものは何も持っていかないの？」と、おばさん。

「いらない」と、ヴェーラ。

「どこにコーヒーを持っていくのかい？」と、祖母が言う。

「おばさんたちと一緒に飲めばいいじゃないの。お茶うけもあるわよ」と、おばさん。

「時間がないの」

ヴェーラはきっぱりそう言うと、そわそわしながらぐるぐるとコーヒーを掻き混ぜる。そして、シナモンロールをつかむと、ベランダのドアから一目散に飛び出した。

「お尻に火が点いてるね、ありゃ」

そう言っている祖母の声が聞こえた。

「放っておきましょうよ。年寄りのあたしたちと話してもつまんないわよ。一人で気ままにコーヒーを飲むんでしょ。どこで飲むんだか」

「秘密のコーヒー！」と、祖母が言った。

祖母と母とおばさんの三人はコーヒーを飲んで、ヴェーラは自分だけのコーヒーを持っていった。

ヴェーラは、シナモンロールをジーンズの左ポケットに突っ込んだ。そのなかには前から入っていたクッキーが二枚ほどあった。右ポケットには日記が入っている。こぼれるぐらいに注いだコーヒーカップを両手でしっかりと握りしめ、湖畔へと下っている小径に立っていた。干乾びたアリの匂いが顔に当たる。そのずっと下にはシモツケソウの湿った翳が立ち込め、下の湖畔では海草と泥と葦の匂いが鼻を突く。

草原からおかしな声がまた聞こえてきた。小さなミシンがシュウシュウと音を立てているようだ。

「あれってキリギリス？」

朝方、ヴェーラが聞くと、祖母はこう答えた。

「鳥だろ。そんなこと、いちいち覚えてる人なんているかい」

　また鳴いている。謎に包まれた、姿の見えない鳥。その嘴はひらひらとはためく薄手の布地を縫っているかのように、夏の日をトントンと打っている。

　秘密のコーヒー、と祖母は言う。その場所は、入り江の奥地にある放置された桟橋で、以前、村の共同海水浴場が立っていた所だ。土地が隆起して畑を割って流れる川のヘドロのせいで入り江が浅くなってしまったために、桟橋の一部しか乾いた土地に残っていない。海水浴場もはるか遠くの岬に移されてしまって、そこが祖母の新しい桟橋となったのだ。

　ヴェーラは、どちらかというと古い桟橋を気に入っている。ぽかぽかした板の上に大の字によく寝そべって、朽ちかけた柱の影にすいすいと映る自分の姿に見入る。

　桟橋の長さは教会の船ほどもある、と祖母が言っていた。ところが、その幅は数枚の板ほどにしかならず、年季の入った銀灰色をしている。ヴェーラは自分のものにしようと決めた。ほかの人はそのことを知らない。でも、桟橋はヴェーラのものだ。知っているのは桟橋だけ。ヴェーラは桟橋にこう囁いていた。

「あなたはあたしのよ！」

そう、それは彼女のものだった。ヴェーラ以外にそこに足を運ぶ人はいないし、祖母ですら古い桟橋の場所についてこう言っている。

「ありゃ、よくない浜だねえ」

ヴェーラはそう思っていない。浅瀬で葦だらけでも、ヴェーラにはとっておきの浜なのだ。古い桟橋と葦が祖母の所有物でないのも、祖母が嫌っているからだ。それならヴェーラのものだ、だって好きでしょうがないのだから。

愛しているものが自分のもの、ただそれだけ。ヴェーラは、よく桟橋で母をまねて同じ歌をハミングする。

　ツバメのコトバ、ツバメのコトバ、
　春と秋を連れてくる。
　ねえ、聞こえていますか、ねえ、聞こえていますか
　村まで響いていますか？

ヴェーラにとって、葦はうんざりするものでもなかったし飽き飽きするものでもな

遥か彼方へ響く夜の音

かった。それは独自の世界だ。四季を通じて色を変える葦の世界だ。姿の見えない鳥たちの囀りは葦に隠れて聞こえてくる。

夏至がすぎると、桟橋の先端からは峡谷も航路も見えない。見えるのは、小さな沼の上や下を行く雲の一行だけ。ひしめき合う赤黒い葦の穂先だけだ。風があるときは、葦はもう一つの外海のようにざわめく影を連れて波打っている。

入り江からだと桟橋に腰かけている人の姿は見分けがつかない。魚が食いつくのをじっと待っている釣り人ですら、桟橋の様子が分からない。もちろん、ヴェーラが優雅に午後のコーヒーを飲んで日記を書いていることも。

桟橋の前にわずかに水があるだけで、静かで凪いでいる。葦の合間を縫って細々とカヌーの航路が入り江へ続く。決まった体勢で桟橋に寝ていれば、葦の隙間から遠くの道路や車や通行人の姿が見えることがある。

カップを桟橋に置くと、右ポケットから小さな日記を取り出した。コーヒーと日記は今年の夏に思いついたものだ。この夏から初めて墓地の清掃仕事に就いたいとこのミーナが、ヴェーラのネームデー(5)にメモ帳をくれたのだ。ノートの表紙ではくまのプーさんがハチミツを舐めている。

初夏から、ヴェーラはヘアスタイルの日記を書き続けている。ヘアスタイル日記には、髪の結い方を毎日書き留めている。

昨日は、木でできたポンポンでおだんごヘアにした。今朝は、頭にフレンチ風の三つ編みをつくった。午後には、その三つ編みをさかさまに編んで、夕方には

(5) 誕生日以外に、その人のファーストネームを祝う習慣がある。カレンダーの日付にはファーストネームが記されており、毎日が誰かのファーストネームデーになっている。

前髪を左に寄せた。おばさんが青いゴムをくれたから、明日はお母さんに輪っかにしてもらおう。

ただ、男の子と同じくらい髪の毛を短く切ってしまったため、ヘアスタイルについて書くこともあまりなくなった。それに、書き始めようとすると決まって何か邪魔が入る。トンボが膝の上にちょこんと座ったり、すぐにでも泳ぎに行かなければならないくらい猛烈に暑くなったり、ご飯よ、と呼ばれたり。

カップを手に、ヴェーラは脆くなった板の上に座った。目の前にある古い釣り箱がテーブル代わりだ。コーヒーが半分になるまで、ちびりちびりと飲んだ。そうして真剣に書こうと決めた。大おじさんが遊びに来た昨日のことだ。

おばあちゃんとお母さんとおばさんとあたしが昨日ベランダに座っていたら、大おじさんがまじまじと見つめる。長いこと見たあとで、こう言った。

「女の都は悲しみのしるしだな」

おばあちゃんはプンプンになってこう言った。

「くだらないったら。おまえさんもそんなしるしを手に入れることだね。男は一人じゃ何にもできない。女と一緒にいりゃ話はまた別だけど」

あたしはお母さんに聞いてみた。大おじさんはどういうつもりで女の都とか悲しみのしるしだとか言ったのかって。お母さんが言うには、昔はそう思われていたんだって。女ばかりの家族だと、たいがい何か悲しいことが起きるんだって。男の人が戦場で死んだり、それと同じくらい酷いことが起きたりしていたって。でも、男の人が一人もいなくても、あたしたちには酷いことはない。もちろん、大おじさんを除いて。

葦の合間から道路へ目をやると、老人が同じリズムで背中を丸めて自転車をこいでいる。このことについても、ちょっと触れておこう。

また、あの変な自転車乗りが通りすぎる。ということは、時間はきっと一二時一五分だ。おばあちゃんが、この自転車乗りで時間をチェックできるって言っていた。その人はもじゃもじゃ頭で、ヒゲが長い。どこから来てどこへ行くのか誰

星が休むのは動くとき

も知らない。彼の名前も知らない。お母さんとおばさんは「悲しみの自転車乗り」だって言っている。前かがみになって、リズムを崩さずに必死にこいでいる。わき目もふらずに道路をひたすら。八時間経つと、村を通りすぎて別の方向へこぎ去ってゆく。

その人がこぎ去ると寒気が走る。どうしてその人はそんなに悲しいのかお母さんに聞いてみた。あんなに前かがみになってこいでいるせいで、そんなふうに見えるだけだろうって。でも、どっちもあり得ると思う。あたしが悲しそうな顔をしていたら実際に悲しいいし、その逆もあるもの。

と、ここまで書くとヴェーラは泳ぎたくなった。栈橋からだと裸で泳ぐことができるが、買ったばかりの水着を着たかったのだ。水着の柄は青い蝶と赤いポピーだった。栈橋の先までも水が満ちていて、浸かると腰まであった。底は柔らかかったけれど、ものすごく浅くなければそこからでももちろん泳ぐことができた。

泳ぎ終わった後はよく栈橋に仰向けになる。コーヒーはそっちのけで、しばらくうつらうつらすることもある。トンボの青い蛍光色の水平な尾っぽが一糸みだれずに、ひとときの永遠を空中につくる。ウシアブが、ブンブンと羽音を立てて通りすぎる。その複眼には虹色が揺らめいていた。

　ヴェーラははっと昼寝から目覚めた。日に当たったせいで頭が少しくらくらしていたが、誰かに見つめられているような気がしたのだ。ヴェーラは飛び起きた。太陽がちょうど雲に隠れ、外海からそよ風を感じる。その風にむき出しの肩が冷えた。

　タオルを手繰りよせて頭からかぶり、ぎょっとした。セイヨウヤマハンノキの木陰に子犬を抱きかかえた若い少年が立っていたのだ。ヴェーラよりもいくぶんか年上、一二歳か一三歳だろう。うだるような夏なのに、その子は黒い衣装を纏っている。黒い上着に長いズボン、目深に帽子を被り、そのつばはキラキラと光っている。そして、きつく紐で縛ったブーツを履いていた。

「こんにちは！　どこから来たの」と、ヴェーラが声をかけた。

　少年は答えない。葦の陰に隠れてヴェーラをじっと見ている。子犬も少年に大人しく抱かれたままだ。その垂れ耳は茶色の物憂げな目の両脇に大きな葉っぱのようにぶら下がっている。

「うわぁ、かわいい。なんて名前？」

またしても黙っているので、ヴェーラがこう言った。

「モッリって呼んでもいい？　あたしたちのおばあちゃんが犬を飼ってて、その名前がモッリって言ったの。でも、もう死んじゃった」

するど、少年が頷いた。

「撫でてもいい？」と、ヴェーラ。

すると、少年が後退りした。ヴェーラはどうしたらいいのかまったく分からずに、こう言った。

「クッキー食べたい？　ラズベリージャムが挟んであるの」

釣り箱の上にクッキーを置いたかもしれないと思って後ろをさっと振り返り、もう一度少年を見てみるとそこに少年はもういなかった。犬もいない。ただ葦が揺れているだけだった。

「ねえ、どこに行ったの？」と、小声で言ってみた。少年に二度も驚かせられた。最初は姿を現したとき、二度目は姿を消したとき。ヴェーラは、家まで見渡せる桟橋の湖畔のずっと向こうまで駆けていった。湖畔の小径には誰もいない。斧の打つ音が響いている。母はとっくにコーヒーを飲み終えて、野菜畑で豆の支柱を立てかけていた。

家からピアノの音が微かに響き渡る。おばさんがまたシューベルトを弾いているのだ。

「ねえ、クッキーを取りにおいでよ」と、さらに声を落として言った。

葦の丈はあまりにも高く、少年が葦にまぎれてしまったかのようで、最初から少年などいなかったみたいだ。葦はカサカサと音を立てて揺れている。今、聞こえてくるのは風の微かな音だけ。葦は濡れて泥にまみれている。どうしてそんな所に少年が行くというのだろう?

ヴェーラは、物思いに耽りながらクッキーを口に入れて食べてしまった。でも、ラズベリージャムの甘みは感じなかった。返事というか、葦の音にむなしく耳を澄ましていたのだ。クッキーを食べ終えてもなお、少年と犬と彼らの失踪のことを考えていた。何がなんだかちっとも分かんないね、祖母ならこう言いそうだ。すばしっこい少年だったということは分かる。けれど、笑って済ませられない少し変わった出来事だった。

これで、新しく書くことができた。

村には年寄りばかりが住んでいると思っていたけど、ここに今日一度も見たことのない男の子がやって来た。その子は黒い靴を履いて、黒い上着を着て、黒い帽子を被っていた。そして、子犬も連れていた。一言もしゃべらなくて、突然、ここに現れてそして消えた。まるでお化けみたい。

ヴェーラは、村の人たちと少年と自転車乗りのことを考えていた。それから、村道で作業着を着てぶつぶつと呟いて笑いながら足を引きずっているおばさんのことを思った。ときどき、そのおばさんは祖母の門を挟んで立ち止まっては立ちつくし、しばらく祖母の家を眺めている。その人は哀れみを誘うように微笑んでいるのに、祖母はいつも神経を尖らせている。

「あそこで、またトイニがうろちょろしてるよ。悪いこと考えてんじゃないだろうね」

と、祖母が言う。

トイニは老人ホームに入っていて、ずっと前に村で唯一の店を放火したと言われているのだ。ひどいものだった。幸いにも死者は一人も出なかったのだが、冬になると村人たちは何キロも先にある店まで買い出しに行くはめになったのだ。夏だったらキオスクでほとんど間に合う。トイニはもう二、三軒ほど放火しようと試みたが、火の手が回るよりも鎮火が早かった。それで、今は彼女を監視しているそうだ。夜になると、トイニの部屋に鍵が掛けられる。

「あれも運命なんだよ」と、祖母が言った。

ヴェーラは人の運命を考えていた。一人の人間の運命はどこから始まって、もう一人のはどこで終わるのだろう？　その区別はいっこうにつかない。

霧は出ていないのに、霧笛の音のように外海に響きわたる。それは、サギの鳴き声だとヴェーラは知っていた。

「あの男の子、見た？」

その晩、遅くに台所で祖母とおばさんに聞いてみた。

「どの子？」と、おばさんが聞き返す。

「下の湖畔に来たあの子よ。古い桟橋に」と、ヴェーラが説明する。

「あそこであんた、コーヒーを飲んでんのかい？」と、祖母が聞いてきた。

ばれてしまったことに少し慌てたけれど、噛みつくようにこう言った。

「見たの？」

「ここには今日は誰も来なかったわよ」と、おばさん。

「じゃあ、たぶん、別の道を通ったんだ」と、ヴェーラ。

「どの道？」と、おばさんが聞く。

それはそうだ。湖畔へ続く道は一本だけだ。葦が鬱蒼と生えていてぬかるんでいるし、ちゃんとした長靴を履いていないと歩くのも困難なのだ。少年は長靴じゃなくて、紐靴を履いていた。

「お化けでも見たんだろ」と、祖母が言う。

次の日、ヴェーラはコーヒーを手にまた桟橋に向かった。でも、眠たくならないし、二言三言、日記に書き綴ったあとは桟橋にただ寝そべって耳を澄ましていた。猛暑がじりじりと続く。アオヤンマが肩にちょこんと止まる。少年と犬を待っていたけれどやって来なかった。その次の日もやって来なかった。うだるような太陽を浴びながら木曜日の秘密のコーヒーを飲む。ヴェーラは二人のことをほとんど忘れてしまって、チョコレートクッキーを食べて、黒いチューリップの物語をのんびりと読んでいた。すると、いきなり悪寒がしたのだ。きっと、北東の風が勢いよく吹いたせいだろう。

ヴェーラが顔を上げると、そこに子犬を抱きかかえた少年が立っていた。前回と同じように神妙な面持ちで。北東の風が彼を運んで来たのだろうか？　少年は同じ服を着ていた。黒くて重々しい感じの服だ。

「こんにちは！　この前、あんなに急にどこに行っちゃったの？」とヴェーラは言うと、嬉しがっている自分に気がついた。

少年は今回も何も答えない。聾唖かもしれない、ヴェーラはそう思った。クッキーは二枚残っている。それに、カップにもコーヒーが少し余っていた。

「飲む？」

そう聞きながら、視線を少年から逸らさずにカップを差し出した。少年から少しでも目を離してしまうと、いつのまにかまたいなくなってしまうかもしれないと思ったのだ。

少年は頷いて子犬を桟橋に下ろすと、子犬は少年の足元に寝転がった。ヴェーラが見てきたほかの子犬とはまるで違って本当に大人しい。病気にかかっていないといいけれど、と思うくらいだった。

ヴェーラの手からカップを受け取ったときの少年の指は、びっくりするほど冷たかった。カップ越しにヴェーラを見ながら、ごくごく飲んでいるように見えた。でも、何の音も聞こえてこない。少年の目は穏やかでラグーンの水のように煌めいていた。

葦に囲まれ、放置された桟橋で二人きりだった。世界はそこから遠く離れていた。

おかしい！　最後の一滴まで飲み干すかのようにカップを傾けていたのに、ヴェーラに返されたカップにはコーヒーがまだ半分残っているのだ。何だか飲むふりをして遊んだだけのようだ。そうして、少年は子犬を再び抱き上げた。

ヴェーラは傷つけられたも同然だ。からかわれたのだろうか？　でも、その真剣さと蒼白さにそうではないものを感じた。少年はからかったわけではなく、遊び方すら分からないのかもしれない。そのことにヴェーラはぞっとした。

「あたしたち、あそこの家に住んでるの」

ヴェーラはそう言うと、セイヨウヤマハンノキの向こうからちらりと覗いている白い漆喰を塗った屋敷を指さした。

「というより、あたしたちのおばあちゃんが住んでる家なんだ。学校が始まるまで、お母さんとおばさんと一緒に住んでるの」

少年がこくりと頷いた。ヴェーラは勇気を出して聞いてみた。

「あなたはどこに住んでるの？」

何も言わない代わりに、少年は村の方に手をブンと投げた。

さあ、今度は何を言おう？　少年にまだ行ってほしくなかった。青白くて物静かな少年のことを、ヴェーラは気に入り始めていたのだ。

「暑くないの？　泳ぎたい？」と、いろいろとひねり出して聞いた。

少年の冷たい指のことを思い出すと変な質問だと思った。少年は暑いわけがないのだ。でも、ヴェーラは水泳の話を続けた。それ以外に何を話せばいいのか思いつかなかったのだ。

「ここは、結構浅くてぬかるんでるけど、大丈夫だから」と、気分を盛り立てた。

少年はちゃんと聞いているようだった。どの場所から水に入るのが一番いいかヴェーラは説明し始め、少年に見せようと桟橋の先まで歩いていった。

「気をつけて歩かないと。ここは脆くなってるから。それから、ここも」

そう言うと、しばらく少年の失踪のことは忘れて自分の足元を見ていた。すると、肩越しに振り返ったときには少年はいなかった。また、姿を消されたのだ！　今回は、ヴェーラは本当に困った。

「消えちゃえばいいのよ！　わけが分からない子。気にしてないもん」と、ヴェーラは思った。しかし、それと同時に熱い涙が溢れてきた。そんなにも気にしていたのだ。

二人きりの秘密のコーヒーは楽しかった。

この出来事は、母親にもおばさんにも祖母にも話さなかったし、日記にも書かなかった。もちろん、書こうとしたけれど筆がどうも走らない。

古い桟橋にやって来るたびに少年のことを思い、戻ってくるのを待っていた。桟橋にはいつもカップを二つ持ってきた。片方を空にして。無駄な質問をしたくなかったし、空のカップは簡単に隠すことができた。もし、少年がもう一度やって来たら、自分のカップから注いでやろうと思っていたのだ。

ヴェーラは諦めかけていた。暑さはうだるように続いている。ある日、泳いだあとに釣り箱に腰かけて髪の毛を乾かしていると、変に突き刺されるような感触を覚えた。腕には鳥肌が立っている。すると、もう一人ではなかった。ヴェーラは感づいて振り向くと、そこに少年はいた。以前と変わらず、同じ冬服を着て、同じ子犬を抱きかかえて。そして、相変わらず青ざめていた。でも、どんなにヴェーラが喜んだことか。

「あなたなの？」と、誰か違う人であるかのようにまず聞いてみた。すると、少年は頷いた。

「飲む？」と、ヴェーラはもじもじしながら尋ねると、余ったコーヒーをきれいなカップに注いだ。

「あたし、あなたのために残しといたの。ちょっと冷めちゃったけど」

「いいよ」と、少年が言った。

これは初めてだ！　少年は話せるのだ。ただ、話したというより囁いたのだが。声にならないような声で、音が鳴らないような反響しないような声で。ヴェーラに笑いが込み上げる。楽しい。だって、少年がそれでも答えてくれた。口がきけないわけではないのだ。

自然な流れで出来事が繰り返されているように感じられる。大人しい子犬は少年の足元に座った。少年はカップをつかむと、カップ越しにヴェーラを見つめる。その瞳には水の冷ややかな煌めきがあった。少年はカップを傾ける。ヴェーラの目に飲んでいる様子が映る。少年がカップを釣り箱の上に置く様子もヴェーラはしっかりと見た。カップの中身は一滴も飲まれていないように見えたけれど、ヴェーラは何も言わなかった。というのは、口にしてしまった言葉に少年が気を悪くして消えてしまうことを恐れたのだ。

「何かして遊ぼうか？」とヴェーラが聞くと、少年は声にならない声で囁いた。

「遊ぼうよ！」

音のない囁きがヴェーラに何かを思い出させた。小さいころ、うつらうつらしているときに、そんな木霊のような人の声を聞いたことがあった。見知らぬ人たちの話を想像もつかないほど遠くで聞いたことがあったのだ、まるで、別の世界から聞こえてくるかのようで、言葉についてもまったく思い出せなかったし、その人たちが誰なのかもはっきりしなかった。

「どこに行く？」

そう聞くヴェーラに、少年が手をあげて森の方を指さした。

「ああ、あっちはあたし、ちょっと」と、ヴェーラはためらった。最初に家の人に言ってからではないとどこにも行けなかったからだ。

「いいから行こうよ！」と、少年が再び囁くと、手を差し出した。少年の唇が動いたかどうかすら、ヴェーラは確認できなかった。

いいわよ！　行きゃいいわ！　ヴェーラはすっぱりと決めた。行くのよ！

歓喜と緊張が膨れ上がる。ヴェーラに今、新しい友達ができたのだ。まだ、名前もないけれど、それでも友達だ。

ヴェーラも手を差し出す。少年が微笑む。その顔はすべすべで、まるで鏡かガラスのようだった。二人の指が絡み合うと、何かがすうっと通り抜けた。何か凍りつくような流れのようなもの。でも、悪い感じはしなかった。ヴェーラは少年に葦と水の耀きを見ていた。

「ヴェーラ！　ヴェーラ！」

おばさんの呼び声だ。ああもう、どうして、こんなときにおばさんは叫ばなくてはならないのだろう！

「キオスクに行ってきて。おばあちゃんがね、イースト菌がいるんだって」と、おばさんが大きな声を出す。

ヴェーラの手が緩んだ。少年は行ってしまったのだ。

ヴェーラは何日も落ち込んでいた。湖畔には行ったけれど、桟橋にはコーヒーはもう持っていかなかった。少年はもう二度と姿を現さないという感じがしていたのだ。おばさんの大声を恐れて、永遠にいなくなってしまったのだ。

「ヴェーラ、見にきてごらん。あたしたちの村で撮った古い写真があるから。年代ものよ」と、ある晩おばさんに大きな声でベランダに呼ばれた。

「昔々のさ。あたしの若いころのね。それよりもずっと前の時代のもあるよ」と、祖母が言った。

ヴェーラはこれといって興味が湧かなかったが、失礼にならないようにベランダに向かった。

「何の本?」と、ヴェーラ。

「これはね、あたしの母親のアルバムさ」と、祖母が言う。

本には、事業を止めてしまった製材工場と国民学校の写真が貼ってあった。それに、岬のつっ先にある小さな港に出入りしていた船の写真もだ。最近では、港には住人と夏の訪問客のボートがあるだけだ。

ヴェーラはページをめくって、ぎょっとした。

「この男の子の名前は何て言うの?」

見覚えのある顔だった。白黒写真はよく知っている湖畔で撮られたものだった。背景には葦と水が映っている。少年は巨石に座って子犬を抱いていた。黒い上着を着て、つばに光沢のある帽子を被っていた。

「このかわいそうな子かい? ああ、名前を忘れちゃったねえ。ちょっと分かんないけど、村の鍛冶屋のせがれだろうね。いや、靴屋だ。靴屋は大家族だったんだよ」

「あたし、よく知ってるわ。ここに、そんなに新しい写真が貼ってあるなんて知らなかった。それに、ここに鍛冶屋と靴屋があることも」

「おまえは何を言ってんだい？　ここにはもう鍛冶屋もないし、靴屋もないよ、もう何十年と。それに、これは新しい写真でもない。いったい何でその子のこと知ってんだい？」と、祖母に妙な顔をされた。

「あたし、知ってるもの！　その子があの子なの、あたしたちの桟橋に来たっていう子。古い桟橋よ。どうして〝かわいそうな子〟って言ったの？」

「だって、かわいそうだからさ。あそこに来た子かどうかは知らないけどさ。そうさ、この子じゃないよ。間違いない。写真の下に年号があるだろ、いつ撮ったか見てごらんよ」

ヴェーラが見る。

「で？」

「一九一八年！　そんなわけない！」

「何でだい？　この写真が撮られてから少し経って、消えちまったんだろう。だから、かわいそうな子って言ったのさ。あたしが生まれる前にすでに跡形もなくいなくなってた。あたしの子ども時代にはまだその出来事について話されていたけどね。おまえがいちゃいちゃしてた子は別の子だよ」

「あたし、いちゃいちゃなんかしてないわよ」と、ヴェーラは傷ついたように言った。

「どの子？　その子に何があったの？」と、ちょうどやって来た母が聞く。

「どの子についてヴェーラが話してんのかは、あたしゃ知らないね。だけど、あたしゃこの写真の男の子のことを話してるのさ。この子に何があったかなんて、はっきりとはしなかったけど。その子が家出をして、町に働きに出たっていう人もいる。それは別におかしくはないんだよ。あんな家にいるより、知らない所にいた方がよっぽどましだ。母親は早くに死んじまって、靴屋のおやじさんは厳しい人だった。それに、酒癖が悪くてね。子どもたちに手をあげてるって噂されてたね。あの家にはいいことなんてなかったんだ。男の子は溺れたんだっていう人もいる。それか、おやじさんが酔っ払って叩き過ぎちまったっていう人もいる。それで、死体を始末しちまったって」

「こんなこと、子どもに話すことじゃ」

すっかり黙り込んでしまったヴェーラの様子を見て、おばさんがこう言った。

「子犬はどうなったの？」と、ヴェーラは声を震わせながら言った。

「なんでそんなこと、ばあちゃんが知ってんだい？　そんな犬、あたしゃ見たこともないんだよ。主人と一緒に消えちまったんだろう。雑種犬をいちいち覚えてる人なんていないよ」と祖母はそう言うと、本を閉じた。

「人間の運命には覚えることがありすぎるんだ。それに、忘れることも。だんだんと忘れちまうのさ。ヴェーラ、昔のことでめそめそするのはおよし。その子には今、安らぎが訪れてるさ」

ただ、ヴェーラは、犬も含めてすべての人の運命を誰かが記憶しておいてくれればと思うのだった。それに、その子に今安らぎが訪れているかなんて確信がもてなかった。

ヴェーラはドアを開けて野菜畑を歩いた。大気中に、アカバナの綿帽子が浮遊している。まるで雪のように、思考のようにはらはらと舞っている。道路では悲しみの自転車乗りがせっせとこいでいる。彼はどこからやって来てどこへ行くのか、ヴェーラはいまだに分からなかった。麦畑の金色に向かって、幽霊のように夜の帳となって進んでいた。

星が姿を現し始める。秋の夜空は深く、星で満たされることから村が星村と呼ばれるのだ、と小さいころ思っていた。しかし、今では町の灯りが消えさえすれば、そこでも星が見えることを知っている。町に住んでいる人たちにも、田舎に住んでいる人たちにも、空は同じなのだ。

古い桟橋の湖畔で、少年の神妙な笑顔を思い出していた。母親を亡くして、酒に溺れた父親をもった少年をかわいそうに思った。少年自身も死んでしまったのだ。今生きているとしても、もう少年なんかではなく、とても年をとった男性なのだ。

風がふわりと立ち上がる、北東の風だ。ヴェーラに鳥肌が立つ。少年が現れるときはいつもそうだった。風の中で、少年が声にならない声で囁いているのを聞いた気がした。けれど、ヴェーラには聞き分けられなかった。葦を縫って外海へと必死になって歩いているか泳いでいるような吐息が聞こえた。ヴェーラは、母親がいつも歌っていた別の歌を思い出した。

人はどこへ、どこ行くの？
人はどこへ、どこ行くの？

どこへ駆けるの、人の魂、
知っていますか?

囁きは止むことはなかったけれど、少年は戻ってこなかった。もし、戻ってきたら、ヴェーラはこう言っていただろう。

「あなた、何か忘れてることがあるでしょ。あなたがもう死んでしまったっていうこと。もう大丈夫だから。あなたは、死んだ人たちが住んでいる所に行かなきゃ。そこで、お母さんと遊び友達に会えるから。あたしはここで、この古い桟橋であなたのこと忘れないでいるから」

星は煌めきを放っていた。どの星も一つ残らず。一度にたくさんの世界が見える。囁きは次第に聞き分けられなくなり、ついには葦の止むことないざわめきとなっていた。

グリーンチャイルド伝説

おばあちゃんの名前はオルガ。あたしもそう。だけど、あたしはおばあちゃんに会ったことがない。お母さんがよちよち歩きの赤ちゃんだったときに死んでしまった。残念でならないのは、あたしたちはそっくりで、おばあちゃんならあたしの特質を理解してくれそうだったから。

おばあちゃんの写真が何枚かある。それを見れば、あたしたちが同じ顔をしているって誰もが言うと思う。髪の毛は白くて細い、皮膚はロウのように蒼白、瞳は丸くて黄味がかっている。耳は先端に向かってすぼんでいて、顔の形は三角形みたい。つまり、二人とも美人とはとても言えない。あたしたちはまるで姉妹みたいで、もっと言えば双子みたいな感じだ。

お母さんはまるで毛色が違う。血色がよくて、父親と同じように黒髪だ。あたしと血がつながっているとは信じがたいけど、特徴は隔世遺伝するってよく言われているから分からなくもない。

あたしはほんとに体が柔らかくて、ゴム人形のようだ。足を曲げて、ほかの女の子たちが到底できないような体勢をとることもできる。小さい顎の下で白魚みたいな指を組んでいるおばあちゃんの写真があるけれど、それを見ていてもあたしがおばあちゃんに似てるってことが分かる。

多分、おばあちゃんはめまいに悩まされていたと思う。だって、あたしと同じように、おばあちゃんが辛そうに日の光の中で目を細めている写真があるから。眼科の先生によると、あたしの瞳孔は光の中で正常に収縮しないそうだ。目はしょっちゅう腫れるし、涙がぼろぼろ出やすい。だからこそ、薄暗い部屋にいると居心地がいい。変だと思うけど、あたしの視力は光が薄れていくたびに回復してゆき、真っ暗闇の中でだって本を読むことができる。

この国の人は、短い夏と暑さと太陽を愛している。でも、あたしは違う。あたしの好きな季節は晩秋と薄れてゆく色。春なんて待ち遠しくない。春の太陽は、頭痛とじんましんの原因となるだけだから。

夜はあたしにとって昼よりも愛しいもの。昼間はカーテンをきっちりと閉める。どうしても外に出掛けるときはサングラスをかける。帳が降りると元気になり、歩きたくなって走りたくなるし、ひとりでに踊りたくもなる。そして、家族のみんなが寝静まっているころに、ふらりとどこかに出掛けることもある。

狭くて暗い所が好き。お母さんが言っていたけど、小さいときはよくお母さんの目を盗んでうろちょろ出掛けていたみたい。たいていは、小部屋や地下室や棚の中みたいに薄暗くて窮屈な場所とか穴に隠れて遊んでいるあたしをお母さんが見つけていた。

あたしは、子どものころから一人ぼっちで、周りの人からそんなに好かれていなかった。クラスメートが言っていることをたまたま耳にしたことがある。

「オルガって洞窟に住んでる類人魚[6]みたい。真っ青で本当に不気味」

とくに、光の角度によってはあたしの肌は本当に緑色を帯びる。見ていると、病気にかかっているみたいで気持ちが悪い。でも、どうしようもない。人があたしとの付き合いを避けていることなんて気にしない。ゴーイング・マイ・ウェイ、土やキノコの匂いを嗅ぐのよ。モグラやジャコウネズミやネズミやトガリネズミや地中に棲みかをつくっている地味な生き物たちと一緒にいる方がよっぽどいい。そういった穴を探したり、森を散策しながら通路や洞穴を見つけるために地質を点検したりする方がいい。コウモリは鳥なんかよりもずっと面白い。

おばあちゃんの話を聞いてから、自分の癖についてもっと理解できるようになった。おばあちゃんは捨て子だった。おばあちゃんとその幼い弟は、七〇年前に町のセントラルパークで発見された。

あたしのひいおじいちゃんのロク博士は、この町で開業医をしていた。昼食の時間には、たいてい近くのレストランでボルシチとかタラかナマズのソテーを食べていた。家政婦さんはきちんとお昼を用意してくれるんだけど、ロク博士は表に出て昼下がりのひとときをぶらぶらと散歩したがって、診察時間に戻るまでには公園を通ってちょっとした散歩を済ませていた。その五月の日も、そうして起こったのだった。

正午ごろ、日が燦々と降り注ぐ公園は人で賑わっていた。何とも知れないのらくら者、恋人、公園を通って官庁に近道している忙しそうな官僚たちがいた。五月のメインストリートは、ちょうど今の時期に咲いているスイセンの花で縁取られていた。奥さんたちやお手伝いさんたちが市場で買い物をしていて、手にしている籠にはキャベツやレタスがぎっしり詰め込まれている。大学生たちは白い帽子を被り、ベビーシッターたちは籐で編んだ乳母車を押し、水兵の格好をした男の子たちや、輪の枠を転し続けている麦わら帽子を被った小さな女の子たちにあれこれ言っていた。

---

(6) 細長く白んだ生物で、スロヴェニアのカルト地形下の洞窟に生息する魚。暗黒の世界に生きるその目は退化している。

いつもと違ってその日のロク博士は、本物の森の入り口がある公園の北の端までぶらぶら歩いていった。狭い小径には博士以外に通行人はいなかった。樹齢何百年という樫の根は絡み合ったツタの塊のように小径に張り出して、危うく躓きそうになるほどだった。ネコヤナギはもう緑色に変わっていて、毛も長くなっている。芝生は刈り取られないままで、青や白の雪割り草が結実して安らかに繁殖している。

ロク博士は春の日を満喫した。処方箋のこと、壊血病のこと、膿疱《のうほう》のこと、おたふく風邪のことを一瞬忘れていた。でも、それは本当に一瞬のことだった。木陰で誰かがしきりに嗚咽をあげて泣いている。泣いている人を探しながらぐるりと周りを見渡した。

そのころ、セントラルパークには珍しい木が植わっていた。この緯度では育つはずもないヒノキ科の針葉樹のシーダーだ。ぐんぐんと伸びて、樹齢も何十年となる。それがのちの厳冬の折にとうとう立ち枯れてしまった。この木の下に、前の年の枯葉がこんもりと掻き集められていた。そして、その葉っぱの山が上下に動いている光景に愕然とした。明らかに泣き声は葉っぱの下から聞こえる。

ロク博士は見てみようとしゃがんだ。カサカサと鳴る葉っぱを手で掻き分ける。何があったのだろう？　二つの小さな子どもの顔が枯葉の蒲団から露になった。涙で濡れて、怯えた目をした二人がじっと見つめている。その目は変わっていて、丸くて黄味を帯びていた。泣き声は一瞬止んだけれど、あんなに怯えた目は初めて見た、とひいおじいちゃんは話していた。

女の子と男の子を、公園の歩道に一人ずつ順番に引き上げた。子どもたちが穴の奥底に入ってしまっていて、引き上げるのにてこずった。まるで、シーダーの太い根っこの下にできた洞窟みたいだった。いったいどうやって子どもたちはあんな狭い所に入ることができたのだろう？

「心配いらんぞ、もう大丈夫だ」と、博士は二人を励ますように話しかけ、二人の服についている葉っぱと土を払いのけた。子どもたちの嗚咽は今は落ち着いているけれど、恐怖で震えていた。

「ニンジン、ダイコン、赤カブ、カブ」と、二人の緊張を少しでも和らげようと博士が歌って聞かせている。

「君の名前は？」

まず、男の子よりも大きな女の子に聞いてみた。しかし、どちらも何も言わなかった。二人の住所とお父さんとお母さんの居場所も聞いてみたけれど、子どもたちは押し黙ったままだった。博士は困った。子どもたちはまともに話せないのだ。そして、この国の言葉も、博士がかろうじて話せるドイツ語もフランス語も英語もロシア語も話さないことが分かった。

子どもたちの外見に博士は関心をもった。二人の目と肌の色はほかの人とは違い、本当に蒼白で緑色っぽかった。まるで、シーダーの根っこの下の洞穴の中に何年間も住んでいたかのようだ。髪の毛は白色で細く、頭皮が髪の間から透けて見えた。服は奇妙な材質でできていた。いくぶん貴金属でできているように見えたけれど薄手で伸縮性があった。

近くに人の姿は見えず、誰と一緒に公園にやって来たのか知る由もなかった。ただ、義務感から小さくて病気の子どもたちを見捨てることができなかったのだ。いったい、二人をどうしたらいいんだろう？

博士は女の子と男の子の手をひくと、父親のように言った。

「さあ、体を洗って食べに行こう」

おどおどしながらも、はにかんで素直に言うことをきく子どもたちの姿に、博士の

終着？　それとも彷徨？

心は切りつけられるようだった。二人を家に連れて帰ると、家事を任せられている高齢のアーレに面倒をみてほしいと言った。ただ、この新しい仕事にアーレが喜ぶわけがない。
「先生は何をお考えなんでしょうか？　どなたのお子さんたちを引きずってきたんでしょうかね？」
　男やもめの気楽な生活にアーレは慣れきっていた。アーレがかわいがっている博士の一人息子のサムエルはとっくに自立していて、別の町で法律を勉強している。ただ、しぶしぶながらも主人の言いつけには逆らわなかった。変わった小さな子どもたちのことがかわいそうに思えて、翌日には孤児院とか病院とか救貧院とかに連れていってくれればと願っていた。

博士は子どもたちの状態をくまなく点検したけれど、皮膚が緑色を帯びているにもかかわらず、二人の健康状態に何の異常も見つからなかった。二人の目は光に弱く、明らかに大きな音を怖がっていた。町の公園で二人の小さな子どもを発見したことを警察に知らせたのも、二人の保護者が名乗り出てくるだろうと思ったからだ。

夕方になって、二人が何も口にしようとしないとアーレが言ってきた。その日は、お腹を空かせたまま泣きじゃくりながら二人は眠った。翌日の朝、家の中にあるものすべてを出してみた。お粥、サワーミルク、ライ麦パン、クッキー、リンゴ、ソーセージ、レーズン。それでやっと分かったのは、豆しか食べないということだった。これまでもずっと豆を食べ続けてきたとしたら奇妙な肌の色の説明がつくな、博士は少なくともそう推測した。

それ以外のことは何も分からなかった。数日が経ち、数週間がすぎた。季節は春から夏へと変わったけれど、子どもたちの素性について何一つ分からなかった。子どもたち同士の会話から分かったものも何もない。それに、人間生活にかかわる普通の現象の多くについて知らないふうだった。

そこで、探検家のハフコ先生に診てもらった。先生は七つの言語を流暢に話し、そこそこ話せる言葉も六つある。子どもたちの話に耳を澄ますと、こんなような後舌母音はこれまでに聞いたことがない、と言った。

アーレが孤児院に入れさせようと提案したけれど、孤児院の憎々しい状況を知っている博士は首を縦に振らなかった。それに、もうすでにかわいらしい子どもたちに愛着があったのだ。女の子の年齢は九つくらい、男の子は五つか六つだろうと踏んだ。

そういったわけで、子どもたちは博士の家にお世話になることになった。二、三ヵ月経つと、アーレは二人を我が子のように世話していた。博士からオルガと名づけられた女の子は、夏の間に元気を取り戻した。いくつかのセンテンスを話せるまでになり、もうみすぼらしくも見えなかった。口にする食べ物も種類が増えた。それでも、まだ緑色の野菜を好んで食べている。

「アーブラハム」という壮麗な名前をもらった男の子は、打って変わって貧弱になっていった。新しい故郷の言葉を一言も話そうともせず、博士の目には、不治のホームシックに苦しんでいるように見えた。アーブラハムは熱病にかかり、うなされ始めた。

かわいそうに、どんな薬も効かずに三日後に死んでしまった。

オルガの気落ちはひどくて、弟の後を追って逝ってしまうかもしれないと博士とアーレが心配するほどだった。でも、次第に元気を取り戻して、冬になると博士が家庭教師を雇ってあげた。アンダーソン女史だ。夏がまた巡ってきたときには、オルガの学習はずいぶん進んでいた。読み書きを覚え、計算もでき、多くの家事をこなしてアーレの手伝いをした。秋になると、小学校の三学年に入学させた。肌にも少し赤味がさし始めたけれど、普通の若い女の子の肌のようにはならなかった。

オルガに自分の過去について尋ねてみても、はっきりとしたことは返ってこなかった。

「忘れた」、これが彼女のお決まりの答えだった。オルガが話してくれたこともほんの僅かで、子どもたちの素性の謎は深まるばかりだ。自分たちが以前に住んでいた国は太陽がまったく顔を出さず、いつも暗闇に包まれていたという。

「だいたいどうやって公園にたどり着いたの?」と、博士が聞く。

「鐘の音が聞こえたの。本当にきれいな音だった。どこから鳴っているのか知りたいと思った。音は、地中から鳴っているような気がしたわ。洞穴みたいなものが見えてきたから、そこに這っていった。目の前には長い通路があって、ずいぶん歩いた。そして、とうとう通路の先から光がこぼれてきたの。あんな光、今まで見たことがなかった。それが眩しくて。怖くなって引き返したかったけど、もうできなかった。帰り道が消えてしまっているように感じたから。そうしたら、博士に発見されたの」と、オルガが言う。

「どんな鐘の音だった?」

「教会の鐘よ。エリアス教会の鐘の音。だけど、そのときは全然知らなかった」

博士の一人息子のサムエルは、家に立ち寄ると嬉しそうに妹とおしゃべりしていた。二人の間に特別な友情が芽生えて、それは年月を経るごとに育まれていった。

オルガが一七歳を迎えたとき、サムエルはもう弁護士になっていた。そして、若い少女にプロポーズしたのだ。博士にしてみれば、この結婚は願ってもないものだった。オルガは、自分にとって自分の娘のように愛しい存在だったのだ。

ただ、オルガには鬱時期があった。その時期になると自分の部屋に閉じこもって、誰とも会いたがらなくなる。心配している夫にも会おうとしない。一日中いなくなってしまったときがあったが、夜の帳が下りた公園を彷徨っているところをサムエルが見つけた。子どもたちがかつて拾われた同じ場所だ。

「どうしてここに来たの?」と、サムエルが辛そうに聞いた。でも、オルガは答えなかった。サムエルには、オルガが母国への入り口を探しているように思えた。

「僕を置いていくなよ」と、サムエルが哀願する。

「まだ行かないわ。でも、そのときはいつかやって来るの」

二人とも涙に濡れた。

一年後、若夫婦は女の子を授かった。それがあたしのお母さん。お母さんが幼児期をすぎてすぐ、オルガはスペイン病にかかってしまった。かつて弟のアーブラハムが病気にかかったときと同じようにうなされ始めた。ずいぶんと忘れていた言葉が再び口からどっと流れだし、誰にも見えない人たちに向かって話していた。そして、発病して三日後にこの世を去った。幼い子どもと夫と養父を残して……。

「オルガは暗闇の世界に戻ったんだ」と、あたしのおじいちゃんのサムエルが悲しみに暮れてそう言った。

その後二、三年の間、シーダーの近くにある公園のベンチに毎晩のように座っているおじいちゃんの姿が見られた。その木の根元で、オルガとその弟が最初に発見され

夜木の下で

たのだ。

「先生は喪に服しているんだ」と、町ではそう言われていた。

冬を三回越した春にサムエルは再婚した。あたしのお母さんに新しいお母さんができたのだ。残念ながら、その人はオルガに似ても似つかない人だった。ただ、お母さんは、一人娘のあたしには自分の母親の名前をつけてくれた。

去年、図書館で外国語の古い書物を偶然手にした。それは、昔の伝説が書かれた本だった。あたしはこれといってそんなような童話には興味はなくて、どうしてページを繰っていたのか自分でも分からない。本を借りて、翌日の晩に読んだ。そうしたら、ある伝説があたしに衝撃を与えた。そこには、よく知っている話のストーリーが書かれてあったから。

一〇〇〇年ごろの話で、イギリスの田舎の小さな村で起きたものだった。農夫たちが畑で秋の穀物を収穫していると、怯えた叫び声を耳にした。叫び声の発生源を探し始めたけれど、まもなくして畑の泥まみれの溝に女の子と男の子の二人の子どもを発見した。二人は泣きじゃくって、発見者から逃れようとしていた。子どもたちの服が見たこともない材質でできていたことも変わっていたけれど、それ以上に驚いたのは、二人の肌が緑色を帯びていたことだった。二人に質問をしたら、知らない言葉で答えたのだ。

リチャード・デ・ガルネという人が、二人を家に連れて帰って世話をしようとした。子どもたちは出されたものを食べようとしなかったけれど、摘み立ての豆だけは食べた。その後も、それ以外のものを口にすることはなかった。

二人は、その家に預けられることになった。でも、男の子は病気にかかって死んでしまった。女の子は成長して元気になり、肌の色も正常になっていった。村の言葉を覚えたけれど、素性については分からないままだった。太陽がなくて暗闇が支配しているところからやって来た、と女の子は言った。そして、その国の住人みんなが緑色の肌をしているとも言った。

「どうやって、僕らの村にやって来たんだい？」

「遠くで鐘の音が聞こえたから」、そう女の子が話した。その音は招き寄せるように優しく奏で、子どもたちは音の出所を探しに行ったのだ。知らず知らず、二人は暗いトンネルに入り込んでいた。ずいぶん歩いてから地面が再び上り坂になっていることに気がついた。深淵から煌々とした光が射し込んでいる。よじ上ってみると、見知らぬ村の外れにある畑に立っていた。

教会の鐘がゴーンゴーンと響きわたる。光は目映く、二人の目から涙が出てきた。二人は、今までに一度も直射日光を浴びたことがなかったのだ。

この伝説集から、子どもたちはウサギとかネズミといった小動物を追いかけるというもう一つの物語を見つけた。地中深くまで続いている洞穴に逃げ込んで生き物の後を追ったけれど、暗がりに消えてしまった。歩いて暗闇の中で躓いた。でも、帰り道はもう分からない。そして、とうとう日の光がさあっと流れ込んで地上に出たのだ。

あたしの家族の歴史とこの童話がこんなにも似通っているなんて、あり得るかしら？　むなしく尋ねるあたしに誰が答えられるだろう？

あたしの血の中で、おばあちゃんから受け継いだものは四分の一だけ。だけど、その四分の一は強力だ。しょっちゅう、あたしはホームシックに苛まれる。

仕事机には地球儀ランプが置いてあって、指でぐるっと回すことがある。最終的には、勢いよくぐるぐる回って、あたしはもう大陸を見分けられなくなる。

この星の表面下にはもう一つの星があって、海があって、潮流があって、山があって、町があって、民族がいるのだろうか。生命は、海の水濠の中に、水中のもっとも重い圧力下にあって、クレパスの暗闇、氷河、温泉、火山のマグマ、砂漠のカラカラの砂から見つかるのだ。それならば、この堅い殻の下、永遠に回り続ける球の秘密の穴の中にあったっておかしくはない。

生命はあるだろうけれど、人はいない。そう答えるでしょうね。どんな光に照らされて、どうやって生きているのだろう？　何を呼吸しているのだろう？　何を食べて、何を飲んでいるのだろう？

そこにあるのは気が遠くなるほどたくさんの場所、そんなふうにあたしは思う。そこにどんなものが入っているかなんて誰が知っているだろう？　笑われても構わない。

あたしは気にしない。この世界の下には地図にはない地域があって、そこにはもう一つの人種が住んでいるとしたら……たぶんそれは、地上に住んでいる人にとってはどんよりとした地域かもしれない。だけど、そこで生まれた者にとってはわが家なのだ。

その道も二手に分かれている。終着か彷徨。ある者はそこからここへ彷徨し、ある者はここからそこへ彷徨する。

未確認生物学者とその生物たち

1

私にはよい友人がいます。未確認生物学者のカルコ・ウトラです。未確認生物学者の仕事についてはおそらくご存知ないでしょうね。お話しします。

いいですか、実際には存在しないはずの生物がいるんです。不適切で無関係で無名で非公式な生物です。そして、そのような生物の科学研究に傾倒している人物が未確認生物学者なのです。間違った場所や時間に現れる生物、太古の生物、もしくは種類も系統も動物学では未知の生物の研究をしている人です。周知の種類に属している生物に遭遇することもありますが、そのような生物は特異で稀にみる特質をもっているのです。色や大きさは確定しておらず、異常に大きいか小さいかのどちらかです。

サウナ小屋付近でボートを漕いでいて、たとえばメガロドンの気配にはっと気がついたらどうしますか？　もちろんご存知でしょうけれど、メガロドンというのは白サメの祖先で、二億年も前に私たちの海を支配していた生物です。

もしくは、リンゴの梢に怪鳥ンゴイマが止まっていたらどうしますか？　男性の太腿くらい太い肢をもったワシの一種です。私の叔母は、トイヤラという町でンゴイマを見たと自信たっぷりに言っています。ほかにも、普通ではない鳥がちらほら見られています。ジェット機のように巨大なものもいれば、いきり立った赤ん坊のようにギャーギャー鳴いているものもいます。

もしくは、キノコの森でゴールドグリーン色の鱗に覆われた尻尾をもった関節動物が目に飛び込んでくるかもしれません。それは、明らかに巨体に長い首と尾をもった爬虫類のような怪獣モケーレ・ムベンベに属する動物でしょう。ですが、モケーレ・ムベンベは中央アフリカのジャングルでしか見られないはずです。ある官僚の話ですが、その人がリラックスしてビーチで肌を焼いていたときのことです。そのとき、牧羊犬くらいのカエルがピョンピョン飛び跳ねながら横を通りすぎたというんです。

身に詰まるケースもあります。エル・チュパカブラにあいにくばったり会うなんてことはそうそうないことです。四メートルくらいの生物で、はっきりいって悪いことしかしません。唇のない口で犠牲者の血を吸うのです。カンガルーのようにピョンピョン跳ねて、コウモリの翼をもち、頭部にはトゲがあって鱗状です。もし、エル・チュパカブラに遭遇するようなことがあれば、一目散に逃げてください。

遠い憧れ

もしかしたら、死虫を見たことがあるかもしれませんね。そうでないことを祈ります。それは、エル・チュパカブラよりもっとたちが悪いのです。砂漠に棲んでいて、別名をオルゴイ・コルコイと言います。芋虫のようにずんぐりしていて燃えるように赤いヘビのような生き物で、大きさはまちまちで二メートルから四メートルくらいあります。石を投げる感じで、人間や動物を殺すことだってできるのです。どうやって？　生贄に即効性のある毒を注入して、稲妻のように目にも留まらぬ速さで腐食させる酸を入れるんです。砂中で犠牲者の近くを這い回って、音を立てずに地中から体を半分出すと、体を膨張させて巨大な胃袋に毒を集めます。それがどんどん膨らんで、ついには「止めろ」という前に毒を浴びせかけるというわけです。

幸い、多くのケースはこれほど運命を左右するものではありません。たとえば、駐車場を渡って駆けてゆく黒ネコを見かけることもあるでしょうが、別に変に思うことはありません。しかし、そのネコがもし雌ブタくらい大きかったとしたら？　あるいは、トガリネズミくらいだとしたら？　その後を追っても跡形もなく消え去ってしまっていて、どうしたらいいのか手がつけられないでしょうね。

ミステリーキャットは、カルコ・ウトラの統計ではお馴染みになっています。ピューマとか黒ヒョウとかを想起する人もいます。イヌのケースは稀です。まさしく、巨犬に出会ったと胸を張って言っている人もいます。二つ頭のいきり立ったケルベロスとかバスカービルの巨犬です。

フォルクスワーゲンくらい大きな甲虫のような昆虫のケースもあります。ある晩、カーテンの隙間から通りへ視線を落としたら何ということ、がらんとした道路に続々とフンコロガシの一行が戦車のごとく前進しているのです。このことを、家や学校や職場で話したら笑い者にされるでしょう。もちろん、あなただって笑うはずです。

つまり、どうすればよいのか？　アドバイスいたします。そのときはカルコ・ウトラに連絡をとることです。カルコ・ウトラはあなたのことを笑いません。

2

つまり、未確認の生物を見かけた場合、躊躇しないでください。カルコ・ウトラに電話すれば、レモン色の小さな車に乗ってすっ飛んでやって来ますから。その様子は遠くからでも分かります。だって、かわいそうなことに車のマフラーが故障しちゃってるんです（未確認生物学者は、必要なときに新車が買えるほど稼いでいるというわけではないのです）。後部座席には、テント、寝袋、望遠鏡、顕微鏡、テープレコーダー、カメラ、それから毛糸の靴下があります。もちろん、ブラックだけど加糖コーヒーが入った魔法瓶も置いてあります。それから、測定器やサンプルを収集するための小さなビニール袋も持ち歩いています。羽、鱗、体毛、排泄物、剥がれ落ちた爪、珍奇な動物の落し物であるものなら何でも収集します。

カルコ・ウトラでさえ、鱗に覆われたゴールドグリーン色の尻尾の実体をはっきり言い切れないかもしれません。このような生物の多くは非常に変わっていて、未確認生物学者ですら多くを知らないのです。おそらく、奇妙なケースに対する完璧な説明は得られないでしょうが、少なからずあなたは、研究があまりされていないながらも興味深い学術分野に研究材料を提供したことにはなります。それに、未確認生物学者はまじめに対応してくれますし、あなたが正気であることを保証してくれます。カルコ・ウトラはもっと変わったケースを知っているのですから。ただ、膨大な質問を浴びせられますので覚悟はしておいてください。カルコ・ウトラは、あなたを値踏みするように見て質問を始めます。

「いつごろ、この仮想上の珍奇な生物を見かけましたか？　その生物までの距離は？　大きさ、幅、長さはどれぐらいだと思われますか？　どのような色でしたか？　鳴き声はありましたか？　匂いは？　体毛は？　角の位置ですが、頭部でしたか？　鼻でしたか？　背中でしたか？」

なおも、立て続けに質問を浴びせかけます。

「その生物が姿を現していた時間はどのくらいでしたか？　グラス一杯のワインを飲んでいたということはございませんか？　最近、幻覚キノコのトフンタケを服用していたということはありませんよね？　昨夜はよく眠りましたか？　現在、医者にかかっていますか？」

隣人にも質問するかもしれませんが、気分を害することはありません。

「このN・Nさんは信用できる人物ですか？　でまかせをよく言っていますか？　彼はいっぷう変わったユーモア感覚のもち主ですか？　まさか、彼はアルコール依存症ではありませんよね？（つまり、ぐでんぐでんに酔っ払うタイプかどうかということを聞いているのであって、クライアントを傷つけないように慎重な言い回しをしているのです）」

満足のいく回答が出れば、雌ブタくらい大きなネコを見かけたという駐車場まで車を飛ばしますよ。コーヒーを飲み続けながら徹夜して、奇妙なイエネコのフェリス・ドメスティカをひたすら待ち続ける。カルコ・ウトラは信用できますよ！

もしくは、長靴を履いて森の奥へと分け入って、そこにテントを建てます。森でも一睡もしないで、息を殺してナノサウルスのような生物が再び尻尾をぶるんと振るわせるのを待っています。カルコ・ウトラは我慢強いですよ！

カルコ・ウトラが私に話してくれたことがあります。

稀な出現

「僕は、写真のような証拠物がない場合、目撃者が一人しかいないケースには目を向けないんだ。証人が大勢いて、しかもお互いに面識のない人たちであれば、ケースは現実味を帯びてくる。そのときは興奮して生き返った気がするよ。何週間も徹夜したって構わない。もちろん、二、三時間の甘い昼寝を取るけれど、絶対に飽きることはない。目を半開きにしたまま、何時間だって木陰にじっと座っていられるね」

そうです、カルコ・ウトラは信用できます。粘土質の畑をてくてく歩いて、見たこともない生物の足跡の写真をパチリパチリと撮っていきます。カルコ・ウトラはまじめな人です！　足跡を定規で測ると、マッチ箱や自分の長靴を足跡の隣に比較するために置くのです。カルコ・ウトラは綿密で精確な人です！

カルコ・ウトラにはためらわず連絡を取ってください。私は、純粋な気持ちで彼のことを推薦できます。彼のことをよく知っているからです。幸い、カルコ・ウトラは健在しています。あっ、うっかりしていました、彼は今はもう……。

残念ながら、カルコ・ウトラに今連絡を取ろうとしても上手くいかないでしょう。カルコ・ウトラは引っ越ししてしまって、引っ越し先が分からないんです。そうなんです、彼は旅に出てしまって誰も行き先を知らないんです。詳しく言いますと、「行方不明」ということになっています……残念ながら。クライアントだと思われる女性が、もう何年も前にカルコ・ウトラの捜索願いを出しています。

早く戻ってきてほしい、そう願っています。黒いもじゃもじゃ頭や情熱と意欲に漲った眼光をもう一度見たいものです。そういえば、カルコの表情には言い知れない悲しみがよく浮かんでいました。誰も自分のことを見てくれないと思っていたからです。その原因も分かるような気がします。一度、カルコが私にこう打ち明けてくれました。

「僕には秘密にしている悲しみがある。一つとして不適切で非公式の未確認生物を自分のこの目で見たことがないんだ。今までに短い話も長い話も耳にしてきた。数え切れないくらいの目撃者、学識者でない人、高学歴の人、記号学者、警察官、アッシリア語講師や大司教に話を聞いてきたよ。足跡を計測して写真を調査した。そのうち捏造されたものもあったな。解釈に委ねられるものばかりで、信憑性があったのはごく僅かだった。だが、僕自身には、一度だって自分の目で生きている奇妙な生物を見るチャンスがやって来ないんだよ。ああ、その日が早くくればいいのに！」

カルコ・ウトラは姿を消す前に私に郵便物を送ってきました。消印からは何も分かりませんでした。彼はこう書いてきたのです。

「僕に新しい話が来たんだ。家に戻るまでには数週間はかかるだろうな。僕の旅が危険をともなわないとはかぎらない。そのことは君は知ってるね。だからこそ、僕の日記を君に保管しておいてほしいんだ。ここには、いくつかの興味深いケースについて説明してある。もし、僕に何かあったら公表してくれてもいいよ」

包みの中には、厚紙の表紙の薄っぺらい日記が本当に入っていました。この最後の連絡から一年半がすぎてしまいました。多分、本当に何かあったのでしょう。警察がしばらく捜索していたけれど、何の手がかりもつかめなかったのです。

それでも日記は残っています。ただ、これは警察にとって何の利益にもならないと思います。ですが、僕にとっては筆跡を読む勇気を与えてくれるのです。

カルコ・ウトラの日記

九月二日

生とは――予想外に――非常に耐久性のある現象だということは知っている。それは、極寒や猛暑や旱魃といった極限状態において現れるものだ。ザリガニの卵は、カラカラに乾燥した環境で何千年も保存できる。わずかな湿気を得ると、復活して卵から孵るのだ。ある微生物は、八〇度以上もの高熱の火山の中で生存している。何キロという地中深くの純然な岩穴の中に棲みついている細菌とか、酸や放射線に強い細菌とか、放射線によって生じたＤＮＡの損傷部分を自ら再生できるものもいる。それに、何年間も宇宙で生きられる細菌なんかもいる。

では、琥珀から発見されたミツバチはどうだろう？　少なく見積もっても、その中でミツバチは二億年は保存されていたし、その硬直した腸からは生きたバチルスが発見されたのだ！
このような発見は、僕がずいぶん長いこと信憑性のあるものとして見てきた理論の後ろ盾となってくれる。パンスペルミア説(7)は可能だと僕は信じている。生の種が、三五億万年前以上に小惑星や流星や彗星によって宇宙から地球にたどり着いたと僕は信じている。パンスペルミアは絶えず機能しているのかもしれない。というのも、化石の中から僕らの前身でないような新種を発見するからだ。

九月五日

今日から新しいツアーに出る。またもや道中入りだ！　珍奇な生物たちが、広場や公園や道路やショッピングセンターなんかでちらついているかもしれない。だが、たいていの場合は、過疎地域や広大な森林地帯や無人島で徘徊していることが多い。そういうわけで、僕の旅は辺鄙《へんぴ》な地域が多く、その名前すら必ずしも聞き覚えがあるとはかぎらないのだ。

（7）地球の発生は宇宙に由来するという考え方。

この新しいケースは、目撃者が恐怖に陥ったために、その恐怖が社会全体に瀰漫《びまん》しているととらえていいと思う。自分自身もたまにそう感じることがある。事件現場で計測したり現象を思い浮かべたりしていると、体毛がぴんと逆立って睾丸が固まって聴覚が研ぎ澄まされる。そして、視力が上がってきていることに気づく。

ヴェント村から、朝、連絡が入った。若い女性が電話をかけてきて、自己紹介もせずに、僕が本当に〝そんなような生物〟を調査しているのかどうか聞いてきた。

「僕が未確認生物学者かどうかという意味でしたら、その通りです。何かありましたか？」と、僕は言った。

「はっきりとはちょっと。可能性があるということで、生物かどうかということは実際にはまだ分からないんです。でも、いずれにしろ何かがおかしいんです」と、女性が言う。

「失礼ですが、どちら様ですか？」

すると、やっと女性は名乗った。だが、僕に名前を公表しないでほしいと頼んできた。だから、日記にも書かないことにする。未確認生物学的な現象となると、多くの人は非常に敏感になる。自分たちの体験が隣人の耳に入りでもしたら、笑い者にされると思っているのだ。残念なことに、たいていはそうなってしまう。だからこそ、このうら若き女性を日記では「タンヤ」と呼ぶことにする。

このあいだ、ヴェント村の海岸沿いのゴム工場が閉業してしまって、とタンヤが語った。村に住んでいるのは老人と失業者ばかりで、雰囲気も沈んでいそうなことはうすうす分かる。工場や村をぐるりと取り巻くのは無人の広大な森林地帯で、海岸に向かって岩地が続く。森を歩いていると、あちらこちらに氷河期の巨大な漂礫《ひょうれき》がわが物顔に突っ込んできている。

ある日のこと、タンヤはそんな森をハイクという名の小型犬と散歩していた。松の生えた丘を歩いてちょっとした開けた場所に出ると、ハイクがいきなり体をびくっとさせて暴れ回ったのだ。恐怖で気が狂ったかのように切り裂かれるような声で吠えて、タンヤの手を振りほどくと行方をくらましてしまった。普段は言うことをきく犬なのに、そのときは主人の言うことをこれっぽっちも聞かなかったのだ。

犬がいなくなってから、タンヤは奇妙な声を耳にしたような気がした。その場でひるんで、先には進めなかった。

「それは唸り声でしたか？　ガーガー？　ピーピー？　ピューピュー？」

「いいえ。どれも違います。むしろ、ピシャッピシャッっていう音だった」

「ピシャッ？　森には池か小川のようなものがありました？」

「いいえ、水は一滴もないはずです。実際は、その音は水の飛沫音というよりも、水よりも硬質な物質の音のようだったわ。鈍くてのろい音でした。しかも、それが私に近づいてきたんです。少なくともそう聞こえました。池は前進しません、そうですよね？　何だか知らないけど、近づいているものを見ることができなくてハイクが逃げていったのと同じ道を駆けていきました」

まったく奇妙だ。

「何か匂いましたか？」

奇妙な生物との遭遇には嗅覚と関連していることがよくある。そのことは経験から知っている。事件後すぐに現場に行けたときは、僕の記憶の臭気資料（膨大な数に上ると自信をもって言える）とは直接関係ないような特別な匂いというか臭気を感じることがある。そんなとき、僕の鼻が動いて鼻腔がバイソンみたいにぷるぷる震える。そして、匂いの物質の一部を突き止めようと必死になる。おそらく、アンモニアが少量と、キャラメルとか海藻とか毛が燃えたような匂いだ。僕の嗅覚は非常に優れている。もちろんそれは、ホモサピエンスの一般的なレベルと比較してのことだ。しかし、匂いは希薄になり、まもなくして蒸発する。僕にはそれをとっておくことができない。

「そう言われてみると……事実、匂いました」

「どのような匂いでしたか?」

「ああ、表現しにくいわ。はっきり言って嫌な匂いではありませんでした。むしろその逆です。芳しい、そんな匂いです。香辛料か何かのような、それかワインかしら」

「うむ、この根拠ではまだ想定するまでに至りません」と、僕ははっきりと言った。

タンヤはがっかりした様子だった。

「少なくともこの段階では生物とは直接関係がなさそうですが、訪問調査を希望されますか?」

「来ていただけると嬉しいです」と、タンヤは真剣に言った。

「週末に伺います。その前に、僕はもう一つのケースを解決しなくてはならないもので」

僕はつまり、またもや新しい旅に出ることになったのだった。

九月六日

　僕がタンヤに話したもう一つのケースが、今朝、目覚めてすぐに頭に浮かんだ。僕は、ビデオカメラを持って公園に向かった。ローラースケーターとかブランコに乗っている子どもたちとか、八月の花壇を突ついているキジを撮るわけではない。僕は空を撮ったのだ、空虚な空を。どうしてかって？

　というのは、スペシャル・プロジェクトがかかわっているからだ。ある男子生徒が僕にビデオを送ってきた。それも三本も。この町の家の道路で撮ったとはっきり言っている。それから、まったくもって本物であるとも言っていた。

みんな町へ行きたがる

「空に注目してください」と、少年が言った。

見えるものといったら、空と何枚かの屋根と木々の梢、それから教会の尖塔くらいだ。その教会がミカエル教会だと分かった。

最初は、何を考えていいのか分からなかった。最初の一〇分間は、ビデオテープには注目に値するほどのものは見えなかった。少年は嫌がらせでビデオテープを送りつけたのだろうか？　一瞬、何かの物体が煙突の上の雲の切れ間でさっと動いたように見えた。物体というよりも組織的な形態だ。でも、鳥でないことは確かだ。それは目にも留まらぬ速さだった。僕は惹きつけられた。

三本のテープをすべて見終わると、僕の体に電気が走ったように感じた。これほどにも強烈な興奮状態に陥ったのは、果たしていつのことだっただろう。

テープに収められた形態の中には、人間が半目状態で窓から見たり、空を見ているときに見るような図形に似ていたりするものもある。こういった形は、いくらズームアップしてもきちんと映らない。目と一緒に動いているみたいだが、実際にそうなのだ。これらが網膜の小さな誤謬だと僕はとらえている。

〝生物〟と言えるかどうかは分からないけれど、柔らかな動きで屋根の上を滑ってゆく。そして、その行方を目で追う。それにはさまざまな〝型〟があって、平べったいイカダみたいなものもあるし、くねくねと旋回している長い螺旋状のものもある。輪郭はふわふわとした綿状であるが、明らかに雲とは違うものだ。僕は、ビデオテープだけではなく、自分の目で見てみたかった。裸眼か望遠鏡で微かな痕跡を見ることはできるだろうか？　もしかして、ビデオテープによる故障ということはないのだろうか？

僕は少年とコンタクトをとった。このエンシオという名の少年は隣の街区に住んでいる高校二年生で、数学を勉強している。電話口ではまともな少年のように聞こえた。とはいえ、いささか鼻持ちならなかったが。

僕は、この生物に気がついたかどうか尋ねてみた。すると、それは偶然の産物なのだと少年は話した。彼の言い分を聞いて、僕の懐疑心が膨らんだ。

「裸眼では見れませんよ。僕は趣味で新しいビデオカメラに雲を収めたんです。そのとき、空に奇妙なものがあったとは言い切れません。テープを見て、やっと変だなと思い始めたんです。最初のうちは何かの故障かなとも思いました。だけど、試しにもう一度八ミリビデオテープで空を撮ってみたんですよ。同じことでした！　問題は技術だけではなかったんです」と、エンシオがずばっと言った。

「同じ場所で撮りましたか？」と、僕は話をわって質問した。

「もちろん、最初は。この家の通りですよ。だけど、ほかの場所でもそうですよ。町の多くの場所です。必要なのは、これらが画面に登場するまで撮るだけです」と、エンシオが説明した。

「これはまた、すごい発言だな。つまり君は、これらが至る所で時間を問わず現れると言いたいのかな？」

「光の具合がよければ。逆光で撮るといいですよ。たとえば、屋根の尾根が太陽を遮っている状態とか。朝が撮影時間としては最高だと気がつきました。自分で試してみるといいですよ！　それに、このことはネットでもすでに話題になっています」

ということで、僕は試してみた。明け方早く、エンシオと同じ場所でビデオに撮ったのだ。教会公園や近隣の街区の庭、それから自分のバルコニーや町の最西でも撮ってみた。

結果は、エンシオのテープに比べるとインパクトのないものだった。だけど、驚愕すべきものでもあった。ぐいぐい駆けていくイワシ雲があった。ツバメの飛行も見た。

飛行機雲もあった。だけど、ほかのものも映っていたのだ。つまり、確固として前進してゆく旋回する生物だ。見たところ、一メートルか二メートルくらいのものが多かったが、なかには何一〇メートルもあるようなものもあった。それらが動いている高度は変化し続けて、特定しづらい。速度は目も眩むようで、稲妻のように視覚から消えることがある。見ることはできるだろうが、カメラでは追跡することができないのだ。

現時点では、その存在についてまったく情報にない種類のものだと思っている。生活機能が地上や水中で生活している生物とは一八〇度違った空中生物だ。

これこそ、科学的なセンセーションだ！　僕は、それが全世界像を変えるものだと確信している。だが、残念なことに、僕の発見の正当性に学会から確信が得られるまで時間がかかる。僕の生存中にそんな日は来ないかもしれない。しかし、これらの種類が「ウトリエンシス」という名前をもらえる日が来るかもしれない……。

この研究を引き続きやっていかないといけない。ただ、未解決の新たな事件がパダス市で待っている。二人の自転車乗りが道でピョンピョン飛び跳ねている生物を発見して怖がっているそうだ。何でも、肢がカエルで頭が二つついていたとか。

九月一八日
今日、走り書きされたメモ紙が届いた。

謹啓
カーッコイスマー市にあるH氏の荘園まで緊急にご連絡いただけませんか。重大事件です。調査の依頼にすぐにでも応対してくださるのであれば、報酬のお支払いの方も惜しみません。

謹白

カルコ・ウトラ　様

下記には、頭文字M・v・Hと電話番号が書かれてあり、そこに連絡してほしいとのことだった。サインは知名度のある裕福な家系の最長老のもので、その人物は父親の死後、何十年間もH氏の荘園を取り仕切ってきた。これ以上は、ここで言及する必要もないだろう。
書かれた番号に電話して、荘園の主人と話をした。彼の妻、順番からいうと三番目となる最年少のイレネであるが、荘園の領域内にある馬小屋付近で起こった何らかの現象に二、三日前からひどく怯えていることが判明した。僕からイレネにいろいろと聞いてほしいらしく、M・v・H氏から実際に現場に来てほしいと頼まれた。

テニスコートの脇の樫並木を運転した。砂浜には風が出ている。パゴダ風の海の家の前を歩く白鳥たちの足取りはおぼつかない。荘園の渡り廊下はライオンの頭をした石造彫刻で装飾され、遅咲きのグラジオラスが咲いていた。

イレネは偏頭痛に悩まされていたものの、日の当たるサロンに出されたお茶を飲みに下りてきた。チッペンダールのソファは少し座り心地が悪かったが、ティータイムはいろんな意味で忘れらないひとときだった。

若奥さんは、その体験について話しづらそうだった。それで、僕は各地を回って調査してきたことをくどくどと話し、彼女の気持ちを和らげていた。ただ、M・v・H氏がそろそろ苛立ち始めていることに気がついた。

やっとのことで重たい口が開かれた。三日前、荘園の領地にある森の丸太道を乗馬していたんです、と奥さんが語る。そこから戻ってきて、上気立った馬を小屋に連れていって餌を与えた。小屋には物置が備えつけられていて、その中にいろいろな農具を保管していた。僕は現場を見に行った。物置には肥料フォークやスコップ、錆びついた馬鍬、トラクター、新品の芝刈り機、それから逆さまに引っくり返った古びた桶が置いてあった。イレネが小屋から出ると、その桶の上に人物らしきものが座っていたのだ。

イレネは最初、ときどき馬の世話にやって来ている隣の家の奥さんが休んでいると思っていた。イレネが傍に近寄ると、その人物が立ち上がった。隣の奥さんじゃない、それに人間でもないらしい。黄色味を帯びていて、天井に頭がかするくらい背が高い。三メートルはあったはずだとイレネは言っている。そして、イレネは悲鳴を上げて失神したのだ。正気に戻ったときには物置には誰もいなかった。

「あなたがお見かけしたものについて、もう少し詳しくお話ししていただけますか？思い浮かぶものすべてを話してください」と、僕は言った。

「あたし、長くは話せそうにないわ。でも、それが人間らしい生物とは感じられなかった。皮膚は桃色っぽくて、指は異常なくらい長かったわ。一番怖かったのは頭よ。カボチャくらいはあったわ。それに、目……」

「どのような目でしたか？」

「オレンジ色で、まん丸なの。白目は全然なかったわね」と、小さな声で囁いてゴクンと唾を飲み込んだ。M・v・H氏が妻の手を握ると、守るように彼女の方へ体を傾ける。

「口はどうでしたか?」

「ありませんでした」

「いいですね。では、鼻は?」

「鼻らしきものは見なかったわ」

「すばらしい。しかし、中身を刳りぬいたカボチャではなかったんですよね。つまり、誰かがあなたを怖がらせるためだけに置いたカボチャではなかったと誓えますか?」

「誓えます。生物の首は継ぎ目なく頭とつながっていました。すべてが一枚の皮でした。このことは確信をもって言えます。それに、首は不自然なくらい長かったわ」

「感心しました。事細かく多くのことを覚えていらっしゃる。お茶をもう少しいただけますか?」

僕は、このケースに意欲が湧いてきていた。

若奥さんは、緊張のあまりお茶を僕の皿の上にこぼした。ラズベリージャムが入っている銀製の器が差し出される。聞くところによると、荘園で栽培しているラズベリーからつくったものだそうだ。

「このようなケースについて、何かしらお聞きになったことはありませんか?」と、M・v・H氏が尋ねた。

「実は、頭に引っかかっていることがありまして、私としてもそのお話ができて嬉しく思っています。このケースのような動物、もしくは生物は何の種類に属するのかいまだに分かっていませんが、私の知っているところによれば、以前にも三、四回ほど目撃されています。この国ではありません。報告によると、巨大な頭と長い首をもち、皮膚は黄味を帯びてオレンジがかった目をしているそうです。そして、背が高くて直立歩行します。ところで、爪には注目されましたか?」

「やっと聞いてくださいましたね。爪は猛禽類の鳥のように長かったわ」とイレネは言うと、ぶるっと震えた。

「ドーバーでもそのように噂されました」

「イギリスですか?」と、主人が聞いた。

「その通りです。そこでは、ドーバーの悪魔という異名さえあるんですよ」

「同じものだとお思いですか？」

「確実には言えませんが、僕としては同じ個人であるということが非現実的に思えてなりません。どうやって、はるばる北国くんだりまで彷徨ってくるのでしょう？　しかも、最後のドーバー事件からは二〇年以上も経っているのです。でも、おそらく同じ種類のものでしょう」

「危険に違いないわ」と、イレネ。

「その反対です。何か悪いことをしたなんて聞いたことがありません。ただ、姿を現しては消えるだけです。美しくはないけれど、繊細で肝っ玉が小さな生物でしょう。それがこの界隈で姿を現すことはもうないと思います。思うに、すでに遠く離れた場所にいるでしょう。奥さんをもう二度と驚かすようなことはないと、誓ってもいいくらいですよ」

二人は安心したようだった。妥当な金額を請求して、このケースと自分自身に比較的満足して荘園一帯を後にした。けれども、これらの普通ではない動物たちが、どうしてまた気が小さくて神経質な人たちの前にしょっちゅう現れるのか不思議でしようがない。

一〇月二一日

タンヤに会うために海辺の寂れた村に行った。若い女性で、以前はゴム工場の会計事務所で働いていたが、現在は仕事を辞めて年老いた父親と一緒に暮らしている。二人は、父親の年金とタンヤの取るに足りない失業保険でぎりぎりの生活をしている。だから僕は、二人に今回のことでお金を請求しないと思う。

村全体の雰囲気は暗い。庭には枯れたヨモギがもさもさと生えており、建物の多くの窓は開かないように釘が打ちこまれている。屋根や離れの建物は荒れ放題だ。庭には、錆びた灯油缶やガラクタや朽ち果てたボートがずさんに置かれている。居住区全体に無関心と絶望感が漂う。しかし、一〇月だというのに、海は黄葉した白樺の間から耀きを放っては誘うように煌めいている。

タンヤによれば、村では不確かな噂が流れているそうだ。森に未知の生物らしきものが棲みついているという。異常な足跡も目撃されたし、タンヤ以外の人も奇妙な声に怯えているのだ。

僕は、タンヤの犬が急に駆け出した森へ出掛けようと提案した。タンヤ自身もそこで不審な声を聞いていたのだ。僕たちはハイクを散歩に誘い出した。ハイクは森の入り口までついてきたが、そこでクンクン鳴き出すと、ぐるぐると周りを回って家の庭へとすっ飛んでいってしまった。

「最近、よくああなるの。この方向に誘っても無駄よ」と、タンヤは溜息を吐いた。太陽が雲に隠れ、森の壁が嫌そうに立ちはだかった。ネズの茂みの合間を縫って分け入ると、自分が招かれざる客だと分かった。苔生したモミの木が、森の白髪頭の精霊のように僕たちの頭上に垂れ下がる。苔のぐるりからは漂礫《ひょうれき》が突き出していて、頭の狂った彫刻家がつくった作品のように思えてくる。天井のないギャラリーにいるみたいに挟まれて歩いた。薄闇だと化け物に見えかねない。

「どっちの方だか覚えていますか?」と、僕が聞く。

タンヤはしばらくためらっていたが、若い白樺林の方を示した。ワタスゲの白い冠毛が夢見るようにふわふわと揺れている小さな沼を渡り、朽ちたモミの群生を抜け、オオエゾデンダにコミヤマカタバミにネズ林を横切り、冬眠の支度に取りかかっているアリ塚を通りすぎた。タンヤがスカーフを頭にしっかりと巻きなおす。シカシラミバエがブンブンと僕らの周りにまとわりついていたからだ。不意に彼女が立ち止まった。

「何か聞こえませんか？」と、おどおどしながらタンヤが聞いてきた。

「クマゲラのドラミングしか聞こえませんが」

「いいえ、別のものです」と、タンヤはきっぱり言い切った。

まさしく、クマゲラが仕事を中断すると、森のざわめきに混じって新たな音が聞こえてきた。それはまったく変わっていた。地鳴りするような呻き声の中に、ピチャピチャと飛び散るような音が入り混じっている。

「あれ、あれよ。引き返しましょうよ。あの音を聞くと血の気が引くのよ」

タンヤの舌が絡み合う。僕は彼女の腕をつかむと、励ますようにこう言った。

「だめですよ、勇気を出して。さあ、はっきりさせましょう」

けれども、タンヤは僕の後についてくることを嫌がった。僕は、彼女を漂礫《ひょうれき》の陰にしゃがみ込ませて待っているように言った。若松林の中を、僕は季節はずれの蚊の餌食となって這っていく。音は次第に大きくなり、その変化には驚かされた。シュー シュー、ギュッギュッ、ウーウー、アーアー、ズシズシ、ウッウッといったような音だ。まじめに、僕は今までにこんな音を聞いたことがなかった。僕の耳が、あまりにも普通すぎるくしゃみの音を聞き分けられなかったら、足の震えは止まらなかったかもしれない。誰かが鼻をかんだ。

岩の向こうを覗くと、くしゃみをした本人の姿が見えた。若い少年だ。目にした光景に少し愕然としたのも、少年が森の草原に立てたテント小屋の中で小さなテーブルとコンピューターを前に座っていたからだ。

僕は小枝を割って出ていくと、聞こえるように挨拶した。すると、彼はびくっと体を震わせた。テントの中には巨大な拡声器があり、機器はすべてソーラーパネルに接続されていた。少年が僕に気がつくと、壁に打たれたかのように騒ぎが静まった。

「こんな森の奥で、君はいったいどんな事務所を開いているんだ?」と、僕は聞いた。

「好きで座り込んでるだけ。ここで音楽をつくってるんだ。ほかの人の邪魔にならないようにね」と、少年が答える。

「音楽とは思えなかったけどね。もっと勉強した方がいいんじゃないか。本来の目的は、まさに人の邪魔をすることだろう」

少年は何も言わない。

「分かっているのか。ここの人たちは心底怯えているんだよ。本当の目的はいったい何なんだ?」

少年をなじると、邪魔するように雇われているのだと白状した。

「誰が雇った？」

「その、二、三人の隣人だよ」と、ぼそりと少年が呟いた。

「で、どんな理由で？」

「あの人たちにはあの人たちなりのワケがあるんだ」

「どんなワケさ？」

「知らないよ。僕には関係ない」と、少年はびくびくしながら言った。

「僕に話さないのなら、警察官に話すんだな」

するとと、少年は少し饒舌になった。こういった仕事をしていると、何でも聞きだせるのだ！　以前、工場で働いていた人が森で密造酒を造っていたことが判明した。そこで、嗅ぎつけてくる人たちを怖がらせて近づかせないように、こんな奇怪な手段を考えついたのだった。

「これで終わりだ。分かったね？　君のボスにもそう話すんだ」と、僕は言った。

少年は、言葉少なに荷物をまとめた。テントにうずくまって、風邪まで引いてしまった彼のことをかわいそうに思った。ミキシングは僕の強制命令で取り止めになったが、冬が来ればいずれにしろ中止になっていただろう。密造酒の行方は？　それについて僕は知らない。警察に通告することも考えたけれど、僕はそうしなかった。

多くのケースがそうであるように、このケースも徒労に終わってしまった。ただ、タンヤは安心したようだ。それに、別れ際に、今回はお金を請求しないことを言ったときなんかはひどくほっとした表情を浮かべていた。何だか自分はこういったような職にでも就けそうな感じだな、そう思った。

風が出てきて、枯葉が道で踊っている。肩を落としてうな垂れている自分が分かる。僕の苦労が無駄になったのはこれで何度目だろう。唯一の趣味であり情熱であるこの仕事は、地球上の誰の役にも立たないのだろうか？

森に薄暮が訪れた。けれども、見上げるほどの松の梢はまだ太陽を捕えている。枝から零《こぼ》れる光に僕は目を上げた。天上では、どんなにたくさんの出来事が起こっているのだろう！　秋風が、雲の一行を北へと急がせる。僕からしてみれば、それらは独立した種のように生きているように見える。そして、僕らとは違い、簡単にどんどん増えてふっと死んでしまう。繁殖し、溶解し、霧散し、無になる。そして、無から再び生まれるのだ。驚くべき生物だ。

それじゃあ、雲の隙間で動いていて裸眼では見ることができない生命体はどうだろう？　今、自分たちの世界でゆらりゆらりと浮遊しているんじゃないかと僕は思う。その世界の法律も運命も分からないような無重力の生活をしているんじゃないかと。しかし、分かろうとすることはまだできると思う。そう僕は信じたいよ。

日付なし

まあ、いつだってそうだけど、一人で散歩していると、僕はかすれたような甘やかな呼び声を聞いたような気になる。僕の耳は、曖昧で誘っているような招き声をキャッチするんだ。こっちやあっちから聞こえたり、南や北から聞こえたりする。呼び声はまるで別世界から、春の宇宙から聞こえてきているようだ。それは僕に、僕だけに奏でる。名前を呼んでいるように誘い、僕の胸は膨らんで、僕の心臓は反響するようにリズムを刻んで鼓動する。狭苦しい僕の体を、骨を、深部を、血や記憶の中をメロディーが突き進む。それが鳴るときは、いつも自由の可能性を予感する。

僕の所に来てくれ、そう頼んだ。一度でもいいから姿を見せてくれ。謎に包まれた君の姿を見せてくれ。僕は、君のことをもうずいぶん長いこと待ち続けているんだよ。

君は動物の中の動物だ、生物の中でも最古で高邁だよ。その目で僕らを幾千年間もこっそりと見てきた君。姿を変える君。場所から場所へ知られないように名前ももたずに歩く君。僕を見てくれ。僕を一緒に連れていってくれ。人間の形や重荷を捨てて、君と並んで気ままに歩くことを許してくれよ。

この奇妙な言葉は、どこから僕の頭に飛び込んでくるのだろう。

夕べ、テントの外で遅くまで座り続けていた。重くのしかかるような天気だった。雷がゴロゴロと遠くで轟いているのをときどき耳にした。僕はカンテラに火を灯す。すると、蛾が光の輪に寄って集まっていた。そのとき吐息を聞いたような気がした。それは、次第に強くなって深みを増した。僕のこめかみが濡れた。海岸の草原越しの入り江から吹いてくる一陣の風だったのだろうか？　海藻と泥の記憶だろうか？　違う。僕はもっと熱い悪臭を感じた……未知なる汗の匂いを。

自分の周りをくまなく見たけれど、落ち着きのない蛾だけしか見えなかった。あれはドログルスのようなものだろうか。物体はないが、それでも実在する生物だ。

遠くで鳴っている大音響——それは、たぶんサギの鳴き声だろう。でも、もっと低音でもっと沈んだ声だ。

「おいでよ。怖がらないで。もうそろそろ、自分の目で君を見たいだけなんだよ」と、僕は説得を続けた。そうしているうちに帳が下り、ランプの灯りは消えた。すると、槍が頭上から飛んでくるみたいに何かに背後から突っつかれた。招き声は聞こえていた。僕は餌食だったのだ。叫び声が僕の口から零《こぼ》れる。驚愕と恐怖と歓喜の喚声だ。そのことを今でも覚えている。

　誰かに頬をパチパチと叩かれて、僕ははっと目覚めた。

「しっかり！　起きてください！　病気なんですか？」と、何度も繰り返される声を聞いた。

　その人は、ベリー摘みの人だった。コケモモを摘んでいたら、僕がテントの前で死んでいるように倒れているのを発見したのだ。何が起こったのか一瞬たりとも覚えていない。その後のこともあまり記憶にない。何か尋常でない匂いを嗅いだ。何かと遭遇して、何かが僕に衝突したんだ。でも、それが何だったのか記憶にない。それなのに寂しくなる。僕の心の中にぽっかりと開いた穴が必要に迫ってはのしかかる。

　明日の晩は寝ないで過ごすつもりだ。もう一度、僕の所に呼び寄せて、この目で見るつもりでいる。僕は、それに名前をつけたいのだ！

この日記の最終日付は、ほとんど謎に包まれています。カルコがどの地方に滞在していて、どんなような任務を遂行しているのかまったく分からないのです。それに、ドログルスってどんなやつなんだろう、物体のない生物って？　私は動物学博物館にも連絡をとってみたのですが、そこですら、ドログルスについて知っている人はいませんでした。彼らは、物体をもった生物しか知らないと言っていました。

それから、カルコの失神の原因も考えてみました。おそらく、病気の発作ではないかと思うのです。睡眠を取らなさすぎて幻覚を見たのです。実際、最後の日記は全体的に少しおかしな感じがします。あの雷の記述はどうでしょう？　彼が稲妻を浴びたとしても、これは別にそれほど顕著な自然現象ではありません。

そうなんです。カルコ・ウトラの足跡はぷつりと途絶えてしまったのです。

3

一年がさらにすぎました。その間、私はカルコの居場所を突き止めようと、多くの聞き込みをしました。カルコがある日記で話していたタンヤには連絡がとれませんでした。その代わりに、カルコ・ウトラがドーバーの悪魔について話をしに出掛けた荘園の場所を突き止めたのです。荘園の持ち主は、そのケースについてあまり話したくなさそうでした。それでなくても、荘園には化け物がいると村で噂されていると主人が言っていました。

「プロの方だということは分かりました」

主人が、カルコ・ウトラに感謝の意を述べて認めるように頷きました。

カルコと会ったのは一度きりで、それ以上のことは何も知りませんでした。しかし、私はやっと新しい情報を手に入れたのです。朗報です。カルコ・ウトラが見つかりました。ただ、嬉しいだけではありません。というのも、カルコは残念ながら以前のようなカルコではないのです。

私は、友人を見つける希望を捨ててしまっていました。でも、ある知り合いの知り合いが、カルコ・ウトラに似た男性を町の近郊にある市民菜園で見かけたと言っていたというのです。そこで、カルコは花壇に鼻をくっつけて這っていました。おそらく、植物学が次の趣味なのでしょう。

私はこの新しい情報を聞いてすぐにそこに向かいました。裏庭で立派な冬カボチャをちょうど収穫している夫人の姿を見かけ、私はしばらく目を奪われていましたが、垣根越しに失礼のないように尋ねてみました。

「この辺に、最近、新しい住人が引っ越してきませんでしたか？　望遠鏡を手にした、もじゃもじゃ頭の年配の男性なんですけど」

やりました！

「知っていますよ。つまり、カルコ・ウトラさんのことじゃありませんか？　手にしているのは望遠鏡から虫めがねに変わりましたけど。家までご案内しますよ。あの人はねえ、庭仕事をほったらかしにしてタンポポは伸び放題よ」

夫人の声は、ひどく馬鹿にしているように聞こえました。私は、虫めがねとはいったい何ぞやと不思議に思っていました。夫人は馬鹿にしながらも、私をカルコ・ウトラの所へすぐに連れて行ってくれました。太陽のような黄色い小さな小屋の庭で、色使いが鮮やかなハンモックで休んでいるカルコの姿を見つけました。友人は非常にリラックスしていて健康そうでした。庭はまさに少し野生化していましたが、カルコは居心地良さそうでした。彼の姿を見たという安心感が、間もなくして嫌悪感へと変わりました。いったい、どうして連絡の一つも寄こさなかったのでしょう？

「おや、おや！　いったい、どうしたって言うのかね？」と、カルコが声をかけてきました。

彼はまるで分かっていませんでした。どうやったら、昔からの友人を忘れることができるのでしょう？

「タイミング悪かった？　本当にどこに行ってたの？　どうして新しい住所を教えてくれなかったの？」と、私はちょっとそっけなく聞きました。

「すまなかったよ。君がそんなに僕のことを気にかけてくれていたなんて、これっぽっちも思わなかった。でも、ここでこうして会うことができて本当に嬉しいよ」

カルコはそう言うと、寝場所からむっくりと起き上がりました。

カルコの言葉に嘘はありませんでした。私は頭の先から爪の先まで見てみましたが、この人はどこから見ても健康そうでした。

「忙しかった？　新しい仕事は大変なの？」

「僕はね、今は調査に釘づけなんだ。旅には出ていない。僕は、いっさい仕事を引き受けないことにしたんだ。一からやり直したんだよ」

「何で自分の職業を捨ててしまったの？」と、私は聞きました。

「捨てるわけがない。その逆だよ、僕は深みにはまってしまって、一日中そのことにかかりっきりになったんだ」

「そうらしいね」と、私はわざとらしくハンモックをちらりと見やって、少しそっけなく言ってやりました。

「それでも、最後の日記から実際に何が起こったのか聞きたいんだけど。日記の中で、ドログルスとかいうのについて話していたよね」

「可能性は十分にある。だが、そのケースにはもうこれっぽっちも興味がないんだ。それに、その後に何が起こったのか僕にもよく分からないんだよ。忘れてしまってね。頭に衝撃を食らって、一日か二日くらい行方不明になっていたんだ」と、カルコが言いました。

「きっと、脳震盪《のうしんとう》を起こしたんだね。それでも、日記を送ることはできたんだ」

「そう、僕もね、どこに消えちゃったんだろうって頭を捻っていたんだ。でも、この行方不明の後にすぐに長年の夢が叶ったんだ」

「どんな夢?」

「信じるも信じないも勝手だけど、僕はね、ついに自分の目で奇妙な生物を見たんだよ。それで今、その生活をここ二年くらいずっと研究しているんだ。実際には、以前にも僕は見たことがあったんだけど、自分の見たものが理解できていなかっただけなんだ」

このカルコの最後の言葉は、ちょっとよく分かりませんでした。

「そうなの？　それで、それらは物体のある生物なんでしょうね？　ドログルスとかじゃないでしょうね？」

「意地悪にならんでくれよ。専門家じゃあるまいし」

「だけど、ついに何かしら個体を自分の目で見ることに成功したって言いたいんでしょ？　おめでとう！」

「一匹じゃないんだ。数千匹だよ！　数えてみるとすれば、何百万と僕は見たね。しかも毎日！」

「何百万！　すごいじゃない！　どんな生物なの？」

「教えても信じないだろうなあ」

カルコ・ウトラは、以前のような輝きを目に放って興奮して言いました。意欲に満ちている彼を、再びこの目で見れて嬉しいものです。

「僕は、この自然の個体を徹底的に研究してきた。その体の構造は、その生物に現象的なパワーを与えており、その腺《せん》機能は唯一無二のものだ。言うまでもなく、天才的な伝達機能をもち、僕らの電気通信なんてそれとは恥ずかしいくらい比べものにならないね」

「ちょっと大げさなんじゃない。それほどの珍しい動物って、いったい何？」

彼は、私の質問がまったく耳に入っていないかのように恍惚として言い続けました。

「何十億年も昔、これらの動物たちは人間よりも高尚な社会生活を送っていた。複雑な儀式、ファンタスティックなトーナメント、ドラマティックな権力争い、勇敢で堅固な意志のもち主たちだよ。この嗅覚は、人間の何十万倍も優れているんだ。自分の体重の一〇〇倍以上のものを運ぶこともできる。そして、一五億万個もの子孫を産むこともある。死虫とかエル・チュパカブラなんて、この生物に比べたらたいしたことない原始的な創造物さ」

「これはまたすごいね。それは、哺乳動物か何か？　昆虫？　爬虫類？」

「一匹、見せてあげようか」と、カルコが言いました。

「ええ、捕まえたの？　ここの家にあるの？　すぐに見せてよ！」

「一匹だけじゃないぞ。彼らの道は小屋を貫通しているんだ」と、カルコが自信満々に言いました。

「ほんと！」

「台所の幅木の脇からね」と、カルコが正確に言いました。

ふむ。懐疑心が私の中にむずむずと沸いてはきましたが見に行きました。ああ、何てこと、私が見たものって！

「これのこと、つまり？　クロアリじゃないの！」

「フォルミカ・フスカ、まさしくその通り」と、カルコが誇らしげに紹介しました。

「だけど――だって普通のアリよ！」

私はがっかりして叫びました。かわいそうな人。昔の彼は、もっとユニークな人だったのに。原因は何だか分からないけれど、頭を襲った一撃が不治の障害を引き起こしてしまったのでしょう。

「普通？　ははん、分からない人だな！　普通じゃないぞ。僕はミラクルを見せてるんだ。センセーションだぞ。ものすごく奇妙な生物の世界を見せてあげているのに、がみがみ言うなんて」と、カルコは傷ついた様子で責めました。

「だけど、これは世界の生物の中でも一般的すぎる。アリほど普通のものなんて、ほかにいないよ」

「いいかい、僕は何かを学んだんだ。単に一般的なもの、そこからは驚くべきことがあまり出てこない。ごく普通すぎるもの、そこには普通ではないセンセーションが隠れているんだ。それで」

「何？」

「僕はね、共通の言語を見つけだすつもりなんだ」

「つまり……？」

「言った通りだよ。僕は、これらの素晴らしい自然の個体とコミュニケーシ

聖餐式

ヨンが図れる手段を考え出すんだ」

「無理！」

「君は自信ありげだな。まあ、言わせておこう。二、三年後には、この種の生物と考えや意見を交換できるようになっていると僕は信じている。自分に化学的な伝達機能を発達させて、そして、その後で——ああ、学ぶことがいっぱいだ！」

かわいそうな友人。アリにぞっこんになればいい。馬鹿げた研究を続ければいい。

私は放っておきました。たとえ皆さまが異常な動物を見かけたとしても、彼とは連絡をとらない方がよいかもしれません。

イスネイスの夏——「訳者あとがき」にかえて

見上げるようなエゾノウミズザクラの白い小花が、海風に乗って夏の香りを連れてくる。鼻孔を掠めるような仄かな甘い香りは、花弁とともに一陣の風に吹き上げられ、その梢は潮騒のようにざわめく。くっきりと浮き上がる綿雲は水面にその陰影を落とし、輻射される太陽熱に岸辺に生い茂る葦の穂先が金色に輝く。イスネイスの葦は四季折々に衣を変える。初夏、伸びやかにそよぐ瑞々しい青い穂は、晩夏になると次第にカサリと葉音を立てながら立ち枯れて金色に染まってゆく。

著者レーナ・クルーンは、数年前から長閑な田舎町イスネイスに居を構え、ヘルシンキの自宅を行き来している。イスネイスは、かつては工業港として栄え、現在は貨物船がたまに姿を見せる静かな町だ。首都ヘルシンキから東に向かって、港町ポルヴォーまで国道をひたすら走る。イスネイスに家を購入してから運転免許を取ったという。生真面目なほど慎重にアクセルを踏む彼女の足は、くの字に曲がった古い街道に差しかかるとさらに緩む。あえて古い街道を走るのは、交通量がぐんと減るという理

蔦の這う家、イスネイス

由もあるけれど、細い蛇行道沿いを彩る風景のすばらしさに感動するからだという。

カーブを切るたびに、新たな景色がスライド写真のように次から次へと鮮やかに目に飛び込んでくる。果てしなく広がってゆく田畑、ときおり押しかぶさるようにフロントガラスを撫でる木々、そして、雄大な樫の並木道。車はいつしか砂利道を躓くように走ると右手に折れる。煉瓦色の屋根、白壁を伝う葡萄の蔓、大ぶりな白いチョウセンアサガオが芳しい匂いを放つ。見上げれば亭々とした白樺の巨木が天蓋を突き、そして、見据えた向こうにガラス張りの小ぶりな温室と青い海と空がある。そこがレーナ・クルーンの〝風景〟だ。

手製の温室の中は虫たちと花々の楽園だった。昆虫世界の不思議を詩体的に綴ったレーナの初期の小説『タイナロン（Tainaron）』（拙訳、新評論、二〇〇二年）を想起させるような温室。引き込まれるような空色を帯びたセイヨウアサガオに、お客たちが休む暇なく訪れる。モンシロチョウは何度もストローを伸ばしてはくるるっと巻き直す。黄色いお尻を忙しなく動かし小刻みにダンスするマルハナバチは、蜜の採集に没頭しすぎて私たちの存在に気づかない。その隣で、アサガオより強靭な螺旋状の蔓を伸ばしているトケイソウの花冠は、呑み込まれそうなほど華やかで印象的だ。フィンランド語ではトケイソウのことを「キリストの受難」という。三本のオシベが十字架で、その周囲を鬚のように取り巻いている様子がイバラの冠のように見えるからだ。

温室の中は青い匂いで充溢していた。ナスタチュームの橙色と黄色の花がコーナーを彩り、トマトやホオズキがアサガオを見上げるように熟れている。まるで薬剤師の温室に足を踏み入れたかのような、そして、レーナの心象風景に触れたかのような、なんともいえない喜びに私は震えが止まらなかった。

「あそこで育てているのは、ベニバナインゲンとカボチャとズッキーニ。ズッキーニはもう食べごろだから、収穫して今日のスープにしましょうか。カボチャはヒロコの頭よりも大きいの。ああ、そろそろ雑草を取ってやらないとね」

囁くような小声で温室の外の畑を案内してくれるレーナは終始にこやかで、控えめで和んだ視線のその先には、動植物と自然の織りなす調和を見ているようだった。環境保全、動物愛護、そしてエコロジー生活に傾倒して実践している彼女は、人一倍、環境問題や世界情勢に敏感だ。つねに、自分のホームページやエッセーなどを通して意見を表明し続けている。数々の文学賞を受賞し、ヨーロッパ諸国やアメリカなどに翻訳され、二十数冊に上る作品群には、環境や世界の不安、そして、くず折れそうな道徳に対する彼女の一貫した姿勢や考えが表れている。エッセー小説『数学的な生物たち、もしくは、分かたれた夢（Matemaattisia olioita tai jaettuja unia）』（一九九二年、未邦訳）でフィンランディア賞を受賞した際にインタビューでこう言っている。

「動物たちの知能やその伝達機能について、どれほど多くのことを知っているというのでしょうか。動物たちに思考する可能性がないと決めつけることはおかしいことです。人間がつくり出した世界像の支柱の一つは、ホモサピエンスには比肩するものがいない、ということなのに、この種は生活環境や他のあらゆる生物の生命をも壊滅しようとしているのです。(………)ただ、自然は休むことを知りません。そして、その動きを一つの種によって止めることはできません。汚染が悪化してゆくことは自然のサイクルから避けられないことです。けれども人間は、その有害を抑制することのできる唯一の種です。そこに人間の義務があるのです」(アームレヘティ紙、一九九三年一月一五日付)

ドイツ系のクルーン一族には代々、学者や芸術家肌が多い。詩人スオニオ(Suonio)として、またフィンランドの国民的叙事詩『カレヴァラ(Kalevala)』(一八四九年)の研究者として名高いユリウス・クルーン(Julius Krohn、一八三五~一八八八)を筆頭に、その娘であるアイノ・カッラス(Aino Kallas、一八七八~一九五六)は作家でもありエストニアの外交官の妻としても活躍した。環境保全を主張するフィンランドの政党「緑の党」には、レーナの姪にあたる国会議員であり舞台演出家でもあるイリナ・クルーン(Irina Krohn、一九六二~)が、また、ドキュメント映画監督および芸術大学教授カネルヴァ・セーデルストローム（Kaneva Cederström、一九四九〜）はレーナの従姉妹にあたる。レーナは、芸術評論家として活躍したアルフ・クルーン（Alf Krohn、一九一三〜一九五九）の次女として生まれ、姉に平面画家のイナリ・クルーン（Inari Krohn、一九四五〜）がいる。

姉妹仲が良く、その仲の良さは全国紙〈ヘルシンギン・サノマット〉新聞に取り上げられたほどだ。二人は、クリスマスや夏至や誕生日といった節目の祝い事でなくても頻繁に会っている。今思えば、私がレーナと会うときはイナリの家族とも一緒に過ごし、日本びいきのクルーン一家に囲まれて夢心地だった。

レーナが児童書を手がける際にはイナリが挿絵を担当することが多い。イナリの作品は自然と動植物を中心に世界が繰り広げられる。イタリアやフランス、インドやタイを巡り、日本には二度訪れている。幼少時代の風景である群島や海や森が神秘的に描かれ、叙情的で繊細なタッチに光と空間が溢れている。そして、内部世界と外部世界が横糸と縦糸となって淀みのない潮流を醸し出す。そんなイナリの絵の世界は、摩擦することなくレーナの言葉の世界に溶け込んでいる。

8月の食卓（右から2番目がレーナ・クルーン、左端が訳者）

レーナ・クルーンの言葉は明快で的確ながらも、詩情溢れる表現力をもつ。叙情的な言葉で幻想と現実をつなぎ、その境界線に揺らぎをもたらす。言葉は易しいのに、読後に訴えかけられる難しい何かを感じるのも、倫理学と形而上学が全作品の底流をなしているからだろう。物事の根本的な原理を追究し、人の精神世界や夢、可能と不可能、時間と無限、そして、真の現実と人工的な現実の接点に迫ってゆく。

『木々は八月に何をするのか』に収められた七つのショートストーリーは、いつ、どこで、遠くて近しいような現実が起こりうるかもしれないという可能性を秘めている。今、踏みしめている大地の内側に、果たしてもう一つの世界があるのだろうか？　刻まれてゆく時間は保存できるのだろうか？　何が普通で何が普通ではないのだろう？

嬉しくなると宙に浮かんでしまうインカや、影のないハンノに鏡像をもたないアンテロ。生い茂る葦から飄然と姿を現した黒服を纏った少年や、〝この世界〟の言語ではない言葉を話し、光よりも暗闇を愛するグリーンチャイルドたち。一〇〇年前に生きた黒服の少年を介して、歳月の歪みが葦の穂先のようにぐわんと揺れて現在と混在する不思議さがあり、地殻の下に埋もれた別世界の時空に触れる緊張感がある。

表題作では、〝狂い咲きの薬剤師〟が冬の温室で熱帯のジャングル世界を魅惑的に繰り広げている。植物は人間と同じように、それぞれに固有の名前があり、個性があり、そして意思がある。植物の叡智は、人間が培ってきた歴史の分よりももっと深く、もっと尊いのだ。では、奇妙な生物を求めて東奔西走する未確認生物学者が、最後に手に入れた回答とは何だろう？　メガロドンよりも、エル・チュパカブラよりも、オルゴイ・コルコイよりも惹かれたものとは？　ごく普通のものにこそ、普通ではないたぐい稀な何かが潜んでいるのだ。

物語にちりばめられた質問や回答は決して目新しいものではなく、私たちがいつの間にか記憶の片隅に押しやってしまった純粋な問いのように感じてならない。

自分の中の不確実な思いや不安について書くだけ、とレーナ・クルーンは言う。彼女の提起する不安要素はいくつかあるけれど、もっとも端的に、そして顕著に現れているのが、小説『ペレート・ムンドゥス―破滅する世界（Pereat mundus）』（一九九八年、未邦訳）だろう。作品には、世界の終末を危惧しかねない不安要素が三六章にわたってちりばめられている。たとえば、テロの危険性、人間を追い越しかねない超人的知能ＡＩの目覚しい発達、崩壊するモラル、といったように。不安なことだらけで世界が破滅しそうな兆しは十分すぎるほどあるけれど、捨て鉢にならずに可能性を信じるのもレーナの強さだ。

前述した『タイナロン』や『木々は八月に何をするのか』でもそうだが、彼女の作品のモチーフとして昆虫や植物が取り上げられることが多い。この動植物たちは「生きる」不思議や強さを体現し、ひたすらに生を全うしている。『ペレート・ムンドゥス』の最終章「新生」には八月のひまわりが「生」のシンボルとして登場し、無限大の生の強さを象徴している。『木々は八月に何をするのか』でも生命の強さを易しく問うている。木々は果たして八月に何をするのだろう？　冬を前に、葉を落として単に枯れてゆくわけではない。次の生命を宿すために再び新しく生まれるのだ。薬剤師もこう言っている。

「木々は八月に根をつくります。花の知識は種にあります。そして、種は時の時計でもあるんです。そこには歴史があって、来る時代があるのです」（『木々は八月に何をするのか』より）

今年の夏、レーナの温室の入り口に日本のカエデが植えられているのを目にした。日本に帰る私を思って買い求めたと聞いて、熱いものが胸に込み上げて泣きそうになった。乾いた粉塵とともにアカバナの白い冠毛が宙を舞う。道端に転がった樫の実の椀形の殻をひょいと拾い上げた彼女がにっこり微笑む。イスネイスの太陽を浴びたズッキーニは、生命の漲る色が投影されたかのように黄色くて眩しい。

イスネイスの夏が熟れてゆく。レーナ・クルーンの庭で、木々は根を伸ばし、花は実をつけ、次の生命にその実を膨らませる。

この翻訳本出版に際し、この度も多くの方々のご支援とご協力を賜りました。二〇〇二年の一二月より二〇〇三年五月までの半年間、フィンランド文学協会のフィンランド文学情報センター（FILI：Suomen kirjallisuuden tiedotuskeskus）にて翻訳研修給付生としてお世話になり、数々の貴重な経験を積ませていただきました。さらに、今回の翻訳本出版への助成金も認可していただき、ただただ感謝の気持ちで溢れております。FILIスタッフの皆様、イリス・シュヴァンク所長をはじめ、ハンナ・チェルベリ氏、ハンネレ・イュルッカ氏、マリア・サンッティ氏、ティーナ・レフトランタ氏、そしてロッタ・ミュッルマキ氏に並々ならぬ感謝の気持ちをここに表します。また、同じくフィンランド政府機関の国際交換留学センター（CIMO）のスタッフの皆様にも温かいご支援のお礼を申し上げます。

『木々は八月に何をするのか』の一篇「いっぷう変わった人びと」は、二〇〇二年にフィンランド情報誌〈スオミ〉に連載小説として四回にわたって掲載させていただきました。ここに、掲載を長く支えていただいた〈スオミ〉編集委員の方々（フィンランド大使館広報部および商務部、フィンランド商工会議所、そしてオフィスOCTの方々）に深謝いたします。

また、この翻訳本出版実現のために、著者レーナ・クルーン氏の誠実で寛大なご協力やフィンランド文学研究者およびフィンランド語講師の末延淳氏の弛まぬご声援に励まされました。本当にありがとうございました。

そのほかお世話になった多くの方々にも感謝の意を表しつつ、最後に、粘り強く丁寧にご指導くださった株式会社新評論の武市一幸氏に溢れんばかりの感謝を申し上げます。

二〇〇三年　九月三〇日　美しが丘にて

末延弘子

訳者紹介

末延　弘子（すえのぶ・ひろこ）

文学修士。

1997年東海大学北欧文学科卒、1995年トゥルク大学（フィンランド語・文化コース）を経て、1997年よりフィンランド政府給費留学生としてタンペレ大学人文学部文芸学科に留学。フィンランド文学を専攻し、2000年に修士課程を修了。

2002年、フィンランド文学情報センター（FILI）および国際交換留学センター（CIMO）共催による国際翻訳家セミナーに参加。

2002年12月より半年間、フィンランド文学情報センターに翻訳研修給付生として勤務する。

フィンランド文学協会（SKS）正会員。現在、翻訳、通訳、執筆を手がけるほか、都内各所でフィンランド語講師をしている。

訳書に、『ムーミン谷における友情と孤独』（ミルヤ・キヴィ著、タンペレ市立美術館、2000年）、『ウンブラ／タイナロン――無限の可能性を秘めた二つの物語――』（レーナ・クルーン著、新評論、2002年）、『おとぎの島』（ミルヤ・キヴィ著、タンペレ市立美術館、2003年）などがある。

木々は八月に何をするのか
――大人になっていない人たちへの七つの物語――　（検印廃止）

2003年10月31日　初版第1刷発行

訳　者　末 延 弘 子

発行者　武 市 一 幸

発行所　株式会社　新 評 論

〒169-0051
東京都新宿区西早稲田 3-16-28
http://www.shinhyoron.co.jp

電話　03(3202)7391
FAX　03(3202)5832
振替・00160-1-113487

落丁・乱丁はお取り替えします。

定価はカバーに表示してあります。

印　刷　フォレスト
製　本　清水製本プラス紙工
装　丁　山田英春
イラスト　レーナ・クルーン

Printed in Japan
ISBN4-7948-0617-5　C0097